장터목

장터목

초판 1쇄 인쇄일 2017년 12월 27일
초판 1쇄 발행일 2018년 1월 10일

지은이 김창환
펴낸이 양옥매
교 정 조준경

펴낸곳 도서출판 책과나무
출판등록 제2012-000376
주소 서울특별시 마포구 방울내로 79 이노빌딩 302호
대표전화 02.372.1537 팩스 02.372.1538
이메일 booknamu2007@naver.com
홈페이지 www.booknamu.com
ISBN 979-11-5776-516-4(03810)

이 도서의 국립중앙도서관 출판시도서목록(CIP)은 서지정보유통지원 시스템
홈페이지(http://seoji.nl.go.kr)와 국가자료공동목록시스템
(http://www.nl.go.kr/kolisnet)에서 이용하실 수 있습니다.
(CIP제어번호 : CIP2017035004)

김창환 시집

책과나무

이십여 년 동안 입었던 푸른 제복을 벗고 사회생활을 시작한 지 십여 년, 아침마다 들길을 지나고 야트막한 산을 넘어 사무실까지 출근한다. 남부순환로 횡단보도를 건너 전원마을을 지나 우면산을 넘고 양재천을 거슬러 오르는 조금 먼 거리이다.

들길을 지나 산길에 들면 시선의 방향은 계절마다 조금씩 다르다. 봄에는 생강나무 꽃과 연둣빛으로 피어나는 나뭇잎들을 보고 여름을 건너면서는 하늘을 더 많이 올려다본다. 보름이 지나면 푸른 바다를 떠다니는 조각배처럼 하현달이 서쪽으로 흐르고, 새벽별은 푸른 바다 건너 등대처럼 멀리로 빛난다.

아까시꽃이 필 즈음, 숲은 연둣빛이 짙어지면서 초록이 물결치듯 흐른다. 현란한 빛으로 사태 지듯 일시에 피었던 봄꽃들이 지면 오월의 숲에는 주로 흰 꽃들이 피어났다. 때죽나무꽃, 찔레꽃이며, 팔배나무꽃도 좋아했다.

새봄이 오면 새들은 새집을 짓는다. 한 번도 집을 지어 본 적이 없는, 처음 봄을 맞는 새들도 집을 짓는다. 설계도는 물론 연장도 없이 순전히 부리와 두 발로만 집을 짓는다. 까치들은 입춘이 지나기 전부터 나뭇가지들을 물어 올리고 동고비며 박새 등 몸집이 작은 새들은 둥지를 만들 자재를 셀 수도 없이 부리로 물어 나르는 수고를 아끼지 않는다.

새들이 그토록 많은 공력으로 집을 짓는 이유는 무엇일까? 새들은 온갖 정성으로 집을 지었지만, 새끼가 둥지를 떠날 때쯤이면 예외 없이 집을 버린다. 그렇듯 새들이 집을 짓는 이유는 안락한 삶을 영위하거나 남들에게 뽐내고 자랑하기 위한 수단이 아닌, 오로지 새끼를 키우기 위한 용도로만 집을 짓는다.

새들이 집을 만드는 것을 흉내 내듯 나도 시로 집을 지어 보았다. 가끔 지나는 사람들이 들어와 쉬었다 갈 수 있는 공간을 염원

했듯 시로 집을 지은 이유는 새들과는 다를 수밖에 없는 것이고, 다만 재료는 비슷했다. 수입산 대리석이나 원목이 아닌 새들처럼 산과 들을 오가며 주운 것이거나 이야기를 나눈, 자연에서 얻어진 것들이다.

누군가와의 만남은 필연적으로 이야기를 만든다. 그 이야기 속에는 연모와 미움이거나 원망도 담기게 되지만 그리움이 궤적으로 남는다. 길을 가며 만나는 사람들, 풀과 나무들은 그리움이 되고 잊혀져 가던 그리움을 찾아 주기도 했다.

아침나절 출근길에 만나는 사람들이며 꽃과 나무들, 때로는 내가 먼저 말을 걸었고 그네들이 말을 붙이기도 했다. 가던 길을 멈추고 눈을 맞추고 나눈 이야기들이다. 심오한 뜻이 숨겨 있거나 교훈이 될 만한 이야기일 수 없다. 더러는 빠르고 편리함을 추구하며 많은 것을 잃어 가는 우리들에게서 사라져 가는 소중한 것들을 더듬어 보고도 싶었다.

일 년이라는 시간의 범주에서 정해진 규칙처럼 네 번씩의 철이 바뀌고 그 순환고리에서 저마다의 생은 이어져 왔다. 인간은 지상에 존재하는 모든 생명체처럼 자연과 별개가 될 수 없었고, 자연의 일부로 존재하면서 생을 이어 왔고 이어 가고 있다. 그 순환 속에서 이제 잊혀져 가고 사라져 가는 그립고 슬픈 아릿한 이야기들. 그립고 정겹던, 한편으로 조금은 애달픈 이야기들을 꺼내어 반추하면서도 현실을 견디고 살아 나가야 한다.

2018년 1월

김창환

차례

1부

| 가 | 을 |

분꽃

나 같은 촌것처럼 시시하게 분꽃은 핀다
시시함이 분해서 한낮도 기운 저물녘으로 핀다
시시함이 분해서 여름부터 가으내 피고 진다

다리 밑에서 주워 왔다는
어릴 적 놀림 말처럼
씨를 묻은 기억도 없는데
봉숭아 맨드라미 깨꽃이 피던 뜨락에서
꼽사리로 여름을 건너 붉고 노란 꽃을 피운다

연모하던 님 떠나듯 꽃 진 자리 아픈 초록 멍울이 돋고
까만 얼굴 거울을 보며 웃지도 못한다며
까맣게 여문 멍울 속 뽀얀 분가루 가득 채웠다

깨진 기왓장에 밥상을 차렸던 시절
까만 껍질 속 분가루 사금파리 도마에 찧어

각시라 하던 이웃집 순이에게 건네주었을 때
뽀얀 분가루처럼 웃어 주었던 날이 아득한데

나 같은 촌것처럼 시시한 분꽃은
시시함이 분해서 여름부터 가으내 피고 진다
오가는 이 보거나 말거나 지면서 핀다

오솔길

나는 오솔길을 좋아한다
산으로도 들로도 나 있는 호젓한 길
신작로에서 벗어나 차 소리에서도
멀어지는 길이다
오솔길은 좁다란 길이다
두 사람이 마주치면 한 사람이 잠시 비켜서야 하는 좁은 길이다

나는 오솔길을 좋아한다
오감으로 대지의 변화를 바람으로 맞는 길
봄이면 봄이라서 좋고 여름은 여름이라서 좋다
철 따라 새순이 돋고 꽃이 피고 열매가 맺고
헐벗은 몸으로도 서 있는 길
오솔길은 아침저녁이 다르고 오늘과 내일이 다른
그래서 늘 새로운 길이다

나는 오솔길을 좋아한다

혼자이면 혼자라서 좋고 둘이라면 둘이라서 좋은 길

산상수훈의 외침이 없더라도 마음이 가난해지고

화평을 이루는 길이다

알면서 모르면서 거둔 허물들을 참회하게 하고

삶의 무거운 짐들을 내려놓는 길

오솔길은 기도하는 길이고 명상으로도 가는 길이다

나는 오솔길을 좋아한다

목적지가 없이 무심해지거나 고연히 나서는 길

예정이 없이 누군가를 무언가를 만나든 길이다

오솔길에서 나무며 들꽃을 만나고 청설모 다람쥐 산꿩도 만나는 길

호젓하게 무언가를 누군가를 만난다는 것은 열락의 기쁨이다

오솔길은 삶의 무거운 멍에를 걸머멘 나를 만나기도 하는 길이다
나를 만나면 불만은 내려놓고 존재함의 감사를 받아 오는 길
숲에서 살아가는 나무며 들풀들처럼 어우러져 살아가기를
염원하는 길이다

나는 오늘도 오솔길을 간다

들국화

늘 열려 있던 사립문 들어서면
토방에는 멍멍이 검정고무신과 놀다 잠들고
안마당 돌담에 세워 둔 콩 다발에서 콩들이 튀어나와 논다

사립문 옆 오래된 탱자나무 한 그루
가시 사이 탱자는 드문드문 노랑으로 물들고
해마다 그 자리 들국화 피는 한낮
파란 하늘처럼 퍼지면서 뽀얀 햇살에 졸고 있다

향기로운 가을 한낮이 머문 뜨락
꽃벌들이 놀자며 가을 햇살에 조는 들국화 얼굴 간질이던 오후
고무신 벗어 공중으로 여러 번 어지럼 태우다
땅에 던졌을 때 벌은 달아나고
들국화 향기만 고무신에 가득했다

박꽃

처서가 지나 풀섶에 호박 한 덩이 늙어 가는 길모퉁이
여름도 호박처럼 퍼질러 늙어 가서야
철도 잊은 듯 박꽃이 핀다

작은 몸 하나 숨길 그늘도 없이
저물도록 긴 콩밭을 매던 여인
늦은 저녁 등잔불에 수제비 떼어 내듯 솟아나던 땀도 떼어 내며
풋감이 떨어지는 앞마당 감나무에
한가위 달이 걸리고서야 박꽃이 핀다

달빛 숨어드는 개울가
반딧불이 너울대던 야한 밤이면
달아오른 살갗에 개울물 퍼 올려 흘려 내릴 때마다
떨어지던 천진한 바람 소리
버석거리던 소금기 가신 나신은
달빛에 피어나는 박꽃처럼 농밀하고

은하수를 건너와 나무꾼의 아내가 되었다는
선녀처럼 슬픈 밤이었다

박이 올라가 놀던 초가는 아득히 사라져 가고
은하수로 흐르던 별들도 멀리 떠나고
여름밤이면 박꽃처럼 피어났던 여인들마저
호박 한 덩이 퍼질러 늙어 가듯 세월의 강물로 흐르는데
길모퉁이 철도 잊은 듯 박꽃 한 송이 핀다

감나무

오래된 감나무 한 그루 서 있는 언덕

익어 간다는 것은 부끄러움인 양

붉어지는 계절에도

찾아 주는 가족도 없는 독거노인처럼

감나무는 쓸쓸하게 가을을 간다

감꽃이 떨어지는 봄날이면

꽃을 주워 소꿉놀이하던 아이들

풋감이 떨어지는 여름날이면

풋감을 주워 소금가마 종지에 모인 간수며 겨에 묻던 아이들

간밤에 홍시가 떨어지는 가을이 시작되면

새벽잠을 설치며 달려오던 아이들도

붉어지는 감빛으로 감잎도 물드는 가을날이면

거르지 않고 날마다 찾아와

돌을 던지고 장대를 흔들거나
몸을 타고 오르던 아이들은 다 어디로 간 것인지

오래된 감나무 한 그루 서 있는 언덕
나이만큼 감은 더 많이 달려 익어 가는데
철마다 찾아와 놀아 주던 아이들 다 떠나고
감나무는 쓸쓸하게 가을을 간다

장터목

모임 장소가 장터목이라는 식당
청량리에서 가까운 곳이라 했다
한 시간 반을 더 가야 하는 먼 길이어서 몸은 주저하는데
마음은 먼저 지리산을 오른다

화엄사로 노고단을 돌아 짐승의 등뼈 같은 능선길로도
백무동 너덜길을 올라 반야봉을 올려다보면서도
한신계곡 돌을 흔드는 물소리에
열두 다리를 건너올라 잔돌평원을 지나서도
뱀사골로 와운리 할배 할매 소나무를 안아 보고서도
칠선골 비선담 건너 칠선폭포를 건너다보면서도
천왕봉 오르기 전이나 내려와서도 장터목은 언제나 그곳에 있나니

무명옷 짚신으로 산을 오르던 시절
산 아래 사람들과 산 너머 사람들이 올라와 장을 펼치던 곳
이제는 울긋불긋 가을 산처럼 옷 자랑이나 하면서

추동춘하 사시사철
내려온 사람과 오르려는 사람들이 모여 장을 펼치는 곳

산을 오르고 내려온 발걸음에 비우고 가벼워졌던가
걸머진 속세의 짐들 잠시 바람에 날려 보낸 듯
창공을 넘나드는 새들처럼 허공의 자유를 조금 채워 가기만 할 뿐
장터목은 날마다 장이 선다

집에 두고 온 것들도
바리바리 싸 온 짐들이 많아
이제는 사고팔 것도 없는 빈 장터에서
속세에서 지고 온 마음의 번뇌를 팔겠다는 사람들이 웅성거린다

장터목 식당으로 가는 길
그리움의 허기가
반야봉을 넘는 노을처럼 흔들린다

구멍가게

동네 이장네로 전화가 왔다고
미루나무 매달린 스피커로 불리면 달려가야 했던 시절
이장네 전화기처럼 신작로 건너
흙먼지에 웅크리고 있던 구멍가게 하나

일곱 시 사십 분 연속극이 끝나도 오시지 않는 삼촌을 찾으러
어둔 밤길 더듬어 가면
시큼한 막걸리 냄새가 먼저 마중을 나왔다

토방 위 고무신은 여러 켤레 모여 있는데
불빛은 가려지고 화투짝 내려치는 소리가 담배 연기처럼 매캐했다
삼촌을 부르지도 못하고 돌아서던 길
창문 너머 흐릿한 불빛에도 환하게 빛나던
십리사탕 라면땅 자야 누가 쫀디기
기둥에 매달린 종이판대기 주렁주렁 매달린

풍선 뽑기 딱지 알록달록 구슬까지
몰래 문을 열고 싶은 마음이 희미한 알전구처럼 흔들렸다

할아버지 제삿날 댓병*에 막걸리 받으러 십 리나 되던 길
동전 하나를 잃어버리고
다섯 번을 오르내리고서야 울면서 빈병만 들고 집으로 왔던 날도

소풍날 이웃집을 더듬어 어매가 쥐어 준 십 원짜리 동전 두 닢
사야 할 것이 사고 싶었던 것들이 너무나 많았기에
서낭당고개를 넘으면 동전 다보탑 찐득한 땀이 배어들었던 날도

구멍가게 문을 닫고 웅크린 그 자리에
먼지만 찾아와 쌓인 낡은 창 안에서
동전 하나로도 달콤했던 이야기들이 창밖을 내다본다

* 댓병 : 됫병의 비표준어

하늘 못

애국가를 부를 때마다 가슴속에 일렁이던 푸른 물결
뜨거운 불길이 식고 차오른 물결이 한 번도 마르지 않은
오래 앙모했던 하늘 못(天池) 앞에다 두고
흐르던 눈물 가슴속깊이 차오른 뜨거운 눈물이었던지
세차게 흩날리던 진눈깨비 스민 차가운 눈물이었던지

남으로는 한라산 북으로는 백두산 멧부리를 이루고
뜨거운 불길을 뿜어냈던 흔적은
그 너머 대륙으로 대양으로 나아가라는 계시가 아니었던가
백두산 돌은 칼을 벼리는데 다 없애고
두만강 물은 말이 마셔서 말려버릴 거라는
청년장수의 호쾌한 기개는 어디가고
내 강토가 아닌 바다와 먼 뭍을 지나 하늘 못에 닿아야 했던지

백두산 뻗어내려 큰 산줄기 대간이 되고
한라산 흘러 흘러 큰 물줄기 대류가 되어

대간으로 대류로 이어지고 만나는 그날이 오기를
그날이 오면 서로 손에 손을 맞잡고
하늘 못 시원으로 한민족 영속을 찬양하여라
하늘 못 둘러선 봉우리 춤을 추도록 신명으로 노래부르자

외길

오고[生] 가는[死] 길이 다르지 않음으로
너와 나 저마다는 언젠가 어디론가 떠나야 하는 것이거늘
아침이면 해가 떠오르는 것이 당연했으므로
언제나 내일도 오는 날이라고 믿는 것이다

오고 가는 길이 다르지 않음으로
빈손으로 왔다가 빈손으로 간다 하지만
저마다 갖고 싶거나 가진 것이 많았기에
무엇이든 하나라도 챙겨 가리라 욕심을 품는 것이다

오고 가는 길이 다르지 않음으로
왔던 길처럼 가는 길도 혼자 가는 길이거늘
또 어디를 가볼 것이라고 열을 내고 성을 내면서도
회의하고 두리번거린다

오고 가는 길이 다르지 않은 외길이라지만

불의로 시고로 생떼같은 지식을 가슴에 묻은 이

선업[善業]을 이루면

저승가면 한번은 꼭 볼 수 있으려나

그 간절한 소망과 실행으로도

외길이 아닌 또 다른 길이 있어야 함을

가을 운동회

일 년에 단 하루
달음박질 해마다 꼴등을 하면서도 그날을 기다렸다

여름방학 끝나고 추석까진 달포나 남았는데
날이 저물도록 반복되는 연습
장딴지에 시퍼런 먹줄 그어지고 토끼뜀으로 운동장을 돌았던 날들
포크댄스 짝을 맞춘 가시내 내숭으로 내민
나뭇가지 끝으로 두 손을 잡고
달음박질 등수 안에 들 자신이 없어 서둘러 애태우면서도
한가위 보름달이 커지도록 그날을 기다렸다

오재미 곤봉 고깔모자 챙겨 들고
누렇게 벼가 익어 가는 들길을 가면
한가해진 둠벙*에는 파란 하늘이 깊어지고
붉은 수수 목아지 주인 몰래 참새들을 부르며 흔들렸다

경쾌한 콰이강의 다리 행진곡이 들길로 오면
만국기는 하늘을 날며 춤을 추었고
장날처럼 노점상 전을 펼치면
오빠 누나 따라온 조무래기들 가랑잎처럼 몰려다니고
무쇠솥 돼지국밥 구수한 냄새가 잔칫집처럼 떠돌았다

청군 이겨라 백군 이겨라 목청은 갈라지고
동네 사람들 모두 내다보는 달음박질 출발선에서
올해는 꼭 일등 해야지
몸은 허뚱거리고 올해도 또 꼴찌
싸한 사이다 한 병에 그 분함도 삼켜 버리고
모두에게 주어지는 잡기장 한 권이나 챙겼지만
가을 운동회 그날은 풍선처럼 하늘을 난다

* 둠벙 : 논에 물을 가두던 '웅덩이'의 방언

도리깨

혼자이면 더디거나 지루하기만 한 것을
마주 보아야 신명이 산들바람처럼 다가오던 것
홍두깨 두드리는 일이 그랬듯이
도리깨도 마주 서야 힘이 났다

여행을 마치고 가을로 돌아온 탐스러운 꼬투리들
콩도 들깨도 팥이며 녹두도
여름에서 가을로 다녀온 여행에서 꼬투리에 채워 온 알맹이
풀어놓으라고 도리깨를 맞는데
도리깨를 맞으며 껍질을 벗고 세상의 하나가 된다

도리깨는 마주 보아야 흥이 나던 것

흥은 힘으로 번져 도리깨는 가벼워지고

가벼워진 신명으로 가을을 걷는 하늘은 높아만 가고

도리깨는 바람이 된다

무서리

오늘을 사는 모든 것들
언젠가 어디론가 떠남을 전제로 존재하는데
영속은 죽음으로만 도달하는 비애의 영토
철새들은 돌아온다는 것도 잊은 듯
허술한 둥지 하나 남겨 두지 않고 산맥을 넘고 바다를 건넜다

떠난다는 것은 소멸을 의미하는 것
소멸은 영속의 바다를 건너는 나룻배

무서리 내린 밤
살아 있던 풋것들 생을 다하고
대지에 뿌리를 둔 것들 동면을 준비하고
대지에 떨어진 씨앗들 소멸로 다음 세대를 잉태한다

무서리는 순환을 위한 계절의 전언

무서리로 가을은 가고

잉태를 위한 소멸의 겨울을 건넌다

익어 간다는 것은

호박꽃도 꽃이냐며 빈정거리더니
이제는 늙은 호박이란다
잘 익은 호박이라면 안 되는 건가
퍼질러 둥그러져 늙은 몸으로
억지스럽게 매달린 것이라 생각하시나 봐

딱딱한 껍질을 깨 싹을 틔우고 꽃을 피웠을 때
벌들이 찾아와 입을 맞추고 웅웅거리며 놀다 갈 때는
세상이 온통 내 것처럼 좋았었는데
더 넓고 높은 곳으로 기고 오르며
덩굴손으로 움켜지며 형제들이 늘어 갈 때는
태양처럼 뜨거웠었는데

호박꽃도 꽃이냐더니
이제 늙은 호박이란다

매달리듯 늙어 가는 것은 스무날 하현달에 사는 옥토끼처럼

푸른 씨앗을 튼튼히 여물리기 위한 것

이제는 잘 익은 호박이라고 불러 주시길

산

산이 그리워 산으로 가는 길
발길은 가야 할 길을 올려다보지 말자 하건만
눈길은 발 디딜 현실보다 가야 할 길을
올려다보며 숨이 가팔라진다

그리움의 실체는 무엇이었던가
자유에 대한 막연한 갈망
애증과 가소로운 욕망의 피안
산에서 산은 보지 못하고 하늘땅 사이 사방을 두리번거린다

산이 그리워 산에 들었는데
그리움은 만나지 못하고
먼 산이나 바라다본다

뚱딴지

가을빛이 바래면 둥근 나뭇잎들 바람을 따라 떠나고
바늘잎 침엽수는 묵은 잎 흔들어 가벼워진다
검게 이를 악문 해바라기가
해를 쫓던 열정을 거두면
작고 노란 돼지감자꽃 해를 바라본다

단단해지는 줄기 흔들어도
돼지감자 땅속으로 숨어들고
땅속을 더듬어 서걱거리는 맛도 더듬어 보지만
맛도 멋도 뚱딴지스러운 것
돼지감자야 뚱딴지스러운 맛이라지만
돼지감자꽃 뚱딴지스럽게 고왔더라

둠벙

검게 어두워진 대지를 사납게 두드리며 지나가는 소나기
둠벙에 모여 살던
민물새우 보리방개 물땅땅이 붕어 미꾸라지
송사리 물장군 개구리들
감미로운 음악에 취한 듯 주둥이 빼금거리며 춤을 춘다

바람처럼 소나기 지나가면
뭉게구름 흐르는 파란 하늘도 둠벙 안으로 들이고
둠벙에 사는
민물새우 보리방개 물땅땅이 붕어
미꾸라지 송사리 물장군 개구리들
뭉게구름을 타고 하늘을 난다

다랭이논 둠벙이 흐르던 자리
논바닥 갈라지도록 비를 기다리다

저금통을 털듯 모았던 물을 내어주고
새끼를 다 키운 벼를 위해 논물을 말릴 때
논에 살던 온갖 수생들을 보듬는 곳

둠벙은 지상의 작은 우주
머문 듯 생명이 흐르던 샘

고마리꽃

지지리 궁상스럽고 촌시럽다며 꽁시랑대더니
말도 없이 떠난 그녀에게 달이 바뀌고 편지가 왔다

삶이 그대를 속일지라도
슬퍼하거나 노하지 말라
슬픈 날은 참고 견디라
즐거운 날은 오고야 말리니

까까머리 어린 시절 시골 이발소 벼름빡*에 걸렸던
밀레의 이삭 줍는 여인 그림 속에서
파리똥을 묻히며 기어 다녔는데
보드카 냄새도 나던 그 시구들이
그 편지지 위에서 징그럽게나 기어 다니며
남루한 삶에 한 자락 헌사처럼 던져진 시작이었으나

다음에 올 때면 그대여

저승에나 갔던 듯 돌아오게

저승이 저 하늘이라면

여기서 하늘이 참 가까우니

별 냄새도 조금 나고

바람 때도 조금 묻혀서

산모래 부서지듯 부서지듯

부끄럽게 부서지며 오게

이런저런 삶의 질곡을 지나서는

죽음과 삶의 틈새로 보이지도 않을 이음새가 있다는

〈회귀〉라는 시를 옮겨다 자신의 넋두리인지로 마무리였는데

산다는 것이 가끔씩마다 바람 든 무 씹는 것처럼 퍽퍽하거나

때로는 어둔 밤하늘조차 쳐다보지 못할

치욕스럽기도 한 것이라지만

누구나의 삶처럼 날이 가면 조롱하듯 찌그러져 갈 그 달밤에
힐난하듯 스멀거리는 시구들을 발로 비비고 개울가로 나갔을 때
고만고만 보석알처럼 고마리꽃은 피어 있었다

시궁에 온몸을 담그고도 누구도 보아 주지도 이름도 아는 이 드문
돼지풀이라는 이름으로 흔하디흔한 들풀이라도
순하고 여리게 아름답기 그지없는
보석 같은 꽃으로 피어날 수 있음을
지난여름 사나운 큰물이 여린 순을 여러 번 할퀴고 지났지만
죽음 같은 시련에라도 그 부러진 몸을 다시 곧추세우며
그런 것쯤이야 털어 버리고 여리고 고운 꽃을 피우는 거라고

가을 들길을 지나면서는 그저 그런 들풀이기나 할까
주저앉아 자세히 보면 빛나는 보석이기도 한데
산다는 것은
악취 나는 시궁에서도 주검 같은 절망 속에서도

아는 이 없어 보아 주지도

불러 주지도 않는 이름이라도

때가 되면 이렇게 피어나는 것이라고

그래서 그 씨앗들을 여물여서 봄이 오면 제일 먼저 싹을 틔우고

다시 이렇게 꽃을 피울 거라고

고만고만 고마리꽃

저마다의 삶처럼 보름달이었다가도

차고 나면 이지러져 갈 달을 이고 천상의 정원으로 흐드러졌다

* 벼름빡 : '벽'의 방언

코스모스

아름다운[美] 나라의 상징처럼 별이 뜨고
공짜이지만 세상에 공짜는 없는 거라며
광목 밀가루포대 두 손을 마주 잡은 아래로
팔거나 다른 물건과 바꾸지 말라고 했다

건빵 차를 기다리던 허기진 오후
원조 밀가루로 만든 빽빽한 건빵을 씹으며
민족중흥의 역사적 사명도 씹어야 했던 시절

연구 수업을 앞둔 종례 시간
장학사가 탄 까만 관차 신작로에서 마주치면
꼭 손을 흔들라고 담임 선생님 엄숙하게 말씀하셨다

삼시 세끼 꽁당보리밥*이라도 배불리 먹었으면 싶었는데
혼분식 검사가 생뚱스럽고

누런 육성회비 봉투에 뽈도장이 찍히지 못해
손바닥 맞고 집으로 돌아가야 했던 날들

봄이면 송충이를 잡고 초여름이면 잔디 씨를 훑고
보리 베기 가정실습 지나면 보리 이삭도 주워다 내야 했던 날들
불어난 장맛비에 검정고무신 한 짝을 떠나보내고
맨발로 사막을 두 개나 앞에다 두듯 막막(寞寞)하게
집으로 가던 어둔 밤도 지났다

그 봄에 신작로가 코스모스 심으러 갔던 날은
뽀얀 먼지 먹으며 자갈길 헤치며 던지듯 심었는데
가을이면 코스모스 한들한들 파란 햇살을 흔들었다

파란 하늘처럼 꿈을 꾸던 시절

코스모스 피면 비행접시로 날려

우주로 먼 여행을 떠났다

* 꽁당보리밥 : '꽁보리밥(보리쌀로만 지은 밥)'의 방언

개똥참외

먹어도 먹어도 채워지지 않던 허기가
고추잠자리처럼 맴돌던 시절
들길에 산밭으로 개똥참외 여럿 맡아 놓았는데
노랗게 익은 참외는 한 번 따 먹지는 못했더라

채워지지 않던 허기만큼 뱃구레가 불룩하니
불룩한 뱃구레에 붙은 설익은 참외 씨 서넛
불룩했던 뱃구레는 아물지도 못하고
세월만큼 이마에 어수선한 주름만 늘어놓았더니
찬바람 나면 가을 탄다며 철도 없이
사치스런 외로움을 풀어내었는데
길거리 처자들 사팔뜨기 눈으로 힐끔거리다가
이제는 여기저기 예쁜 처자 맡아 놓고 다니냐며 핀잔도 들었더라

산그늘 목화밭에 갈바람에 여물어 가는 콩밭에서
몰래몰래 커 가던 개똥참외 보았을 때
흐뭇하게 째지던 그날이 또 있을는지

아침저녁 찬바람에 시들어 갈 햇살처럼
청참외로 커지다가 시들어 가겠지만
큰물에 몸을 띄워 흐르다가 풀섶에 몸을 묻혀 싹을 띄우고
노랗고 순한 꽃 피우더니 배꼽 달린 참외가 커져 가는 개울가

개똥참외 여기저기 맡아 두던 그 시절이 그리워
강아지풀 여뀌잎에 몰래몰래 감춰 두며
참외처럼 파랗던 소년으로 가고픈 가을날은
그립고 애달픈 세월인 것을

2부

| | 겨 | 울 | |

철 지난 억새처럼

산은 오르는 것이 아니라는 걸
날숨과 들숨이 산처럼 가팔라져서야
오르는 것이 아닌 들어가는 것이 되었습니다

내가 산으로 들어가는 것은
구부러진 오솔길을 오르다가 지치면 돌아서
지나온 길을 내려다보며
내 구부러진 삶도 돌아다보고 싶기 때문입니다

내가 산으로 들어가는 것은
비탈진 바위틈 외롭게 서 있는 한 그루 나무처럼
채워지지 않은 욕망의 허기와 외로움을 견디어야 하는 존재임을
건너다보고 싶기 때문입니다

내가 산으로 가는 것은
생각에 머물지 않고 직감에 충실한 한 마리 산짐승처럼
단순하여 무심해지기 위해서입니다

내가 산으로 들어가는 것은
구부러진 산등성이며 구부러진 강을 내려다보며
스스로 그러한 자연은 구부러진 것임을 알기 위해서입니다

내가 산으로 들어가는 것은
지치고 가팔라진 날선 마음이
나무 그늘 풀 더미 속에 하나가 될 때
무딤의 치유를 얻을 수 있기 때문입니다
내가 산으로 들어가는 것은
봄여름가을겨울 계절의 순환처럼
생성과 소멸이 다르지 않음을 보기 위해서입니다

내가 산으로 들어가는 것은
물처럼 바람처럼 흐르다가
철 지난 억새처럼 한 줌의 흙으로 흩어져
산이 되기 싶기 때문입니다

동백꽃

어설피 헤어지고 나서야 사랑이 피어나듯이

후두둑 땅에 지고 나서야 피어나는 꽃

애달프게 연모하는 마음이 붉어지듯이

찬 서리 시린 바람에 붉어지는 꽃

절정의 끝은 비애이듯이

활짝 핀 순간에 져 버리는 꽃

들고 나는 바람이 무상(無常)이듯이

사계절 푸른 무아(無我)로 피어나는 꽃

갈대꽃

무서리 내리는 밤으로 갈대꽃이 핀다
히말라야 고산 겨울옷을 입은 야크처럼
두툼하게 갈대꽃은 피어나던 것
갈대꽃이 피는 밤으로 강물은 물안개를 길어 올린다

천둥 치며 거센 폭풍우에 밀려오던 지난 여름날의 사나운 물길
꺾인 허리가 물살에 흔들리며
붉은 흙탕물에서 숨도 쉬지 못한 한나절
주검처럼 스러져 강물처럼 울어야 했다

사나운 물길과 긴 어둠이 지났을 때 푸른 갈대는 상처투성이
꺾인 허리를 곧추세우고 젖은 절망을 햇살에 걸어 말렸다
계절의 순환경보처럼 무서리가 내리면
대지는 침묵으로 묵상에 들고
강물은 제단에 향불을 피우듯 물안개를 길어 올린다

순하게 흐르는 강물을 데워 물안개를 길어 올리고
물안개로 몸을 닦고 치렁치렁 머리를 감으면
사나운 비바람도 천둥도 말려버린 서늘해진 햇살에
시린 바람에 흔들리며 살아온 날들을 이야기한다

사는 게 뭐 별거 있냐고
돌아보면 너무 아려서 절망에 울기도 하였지만
큰물이 지나고 태양이 뜨거워진 날을 견디었으니
이런 날도 있는 거라고
이제 강물마저 얼어지면 물안개도 피우지 못하고
그래서 낡아져 스러지면서 꿈을 꾸고
봄이 오면 다시 물안개를 피워 새순을 피우는 꿈을

무서리가 내리는 밤 갈대는 물안개를 길어 올린다
물안개에 몸을 닦고 머리도 감아 내어 한껏 치장하고
갈대는 바람에 흔들리며 이야기한다
사는 게 뭐 별거 있냐고

첫눈

기다림으로 채워졌던 마음속 공간이
이제 기다림보다는 그리움에 더 익숙해진 그대일지라도
가을이 떠난 나목의 가로수 길을 지나며
문득 기다리던 그날이 있었던 것을

떠난다는 기별도 없이 가을은 시린 바람 속으로 사라지고
철새들은 그리움을 남기거나 희미한 흔적을 찾아
긴 산맥과 바다를 건너 떠나고 돌아오는 계절
소금기둥이 되었다는 여인처럼
채워지지 않는 욕망 앞에서 뒤를 돌아다보는 시간
차간 바람이 빠르게 달려가는 거리에서
가로등 불에 비친 제 그림자를 들여다보며
뭐라 한마디 말이라도 건네고 싶은 외로운 공간을 넓혀 가면서도
그날 하루쯤은 가슴을 따뜻하게 데울 수도 있을 것 같은 날을

말로나 행동으로나 상처를 주고받으며
내가 너보다 더 미련했거나 야속하다고 했었지만
그날 하루쯤은 내가 더 미안했었다며
낮은 목소리로 전해 주고 싶기도 한 날을

가진 게 없다면서 늘 주머니를 단단히 여미고 살았지만
거리의 종소리를 따라
자선냄비 앞에서 주머니를 열고 싶기도 한 날을

언젠가 다녀갔다는 소문이 돌았지만
그래도 그건 아니었다고 다시 기다리던 날이었음을

일 년에 단 한 번 하늘의 축복처럼
첫눈은 낮게 낮게 지상으로 오는데
이내 녹아져 흔적 없이 사라지는 소망처럼 첫눈이 오는 날을

눈 온 아침

질화로의 불씨가 사그라들고
긴 겨울밤이 풀 죽은 재처럼 서성거리면
외풍에 흔들리던 등잔불도 초저녁잠에 들고
바람에 흔들리는 감나무 가지
열이레 하현달이 영창문에 걸어 놓고는
늘 열려 있던 사립문 안으로 들어와
안마당을 한동안 서성거리다 갔다

시린 바람에 문풍지는 방정맞은 소리를 내며 떨어 댔고
그 문풍지가 막아 내지 못한 바람이
방으로 들어와 얼굴을 시렵게 하고
윗목에 떠다 놓은 숭늉 대접에 살얼음을 띄웠다.

천장에 세든 집쥐들은 사정없이 뛰어다니며 밤 운동을 하고
출출함에 일어나 날고구마를 벗겨 내면
추위에 떨던 문풍지가 지쳐 갈 무렵 설핏 잠이 들고

영창문 어둠이 가시며 붉으래 환해진 아침
방문을 열었을 때
아! 천지가 눈 세상이었다

토방 위 마루까지 하얀 눈가루가 뿌려졌고
들쭉나무 위에도 탱자나무 위에도
뒤꼍 장꽝*에도 소복소복 눈을 이고
마당에는 우물에 다녀오신 어머니의 발자국이 박혀 있고
가마솥에 물을 데우는
생솔가지 타는 매캐한 냄새가 온 집안을 돌아다녔다

마루 끝에서 새벽녘까지 참아 냈던 일을 보고 대문 밖으로 나갔을 때
산과 들, 지붕 위에도 아침 햇살에 푸르도록 빛나던 눈 세상
아침 마실 나간 족제비와 집쥐들이
그 흰 눈 위에 작은 발자국을 이어 놓고
참새와 까치들은 나무 위 눈을 털어 내며 분주해진 아침

마당에 눈을 치우고 모락모락 김을 피어 올리는
우물의 물을 길어 올려 세수를 했다

밤새 얼었던 문고리에 손가락을 붙이면
어머니가 차려 놓은 밥상에서 반찬그릇들이 미끄럼을 타고
밥솥에서 넘친 밥물에 꺼내 아궁이에서 끓여진
호박고지 듬성한 김치가 뚝배기에서 더운 김을 피워 내면
개다리소반에 둥그렇게 모여 앉아
참새들처럼 재잘거리며 아침을 먹었다

햇살이 퍼지면서 추녀 끝 고드름이 낙숫물을 만들면
아궁이에 묻어 두었던 고구마는 달큰한 냄새를 냈고
어젯밤에 새로 만들어 둔 가오리연 눈을 털어 내고
서릿발을 세운 보리밭을 달리다가
뒤꼍 시렁에 걸어 말린 시래기를 풀어내 토끼집에 넣어 주고

돼지우리 구유에 구정물을 쏟아붓고
보릿겨를 넉넉하게 한바가지 퍼 주었다

물을 가두어 둔 집 앞 논에 돌을 던져 보고 투명한 얼음 위의
눈을 대비로 쓸고 썰매 길을 만들었고
아이들이 하나둘 모여들어
썰매를 타고 팽이를 돌리고 눈싸움을 하고는
꺼진 얼음판에 발을 적신 아이들이
불을 피우고 나이롱 양말을 말리다가
불길이 이내 구멍을 만들면 울상을 하고는
송곳에 썰매를 메고 집으로 돌아갔다

점심은 동치미에 삶은 고구마로 때우고
토끼몰이에 산비탈을 오르내리며 고무신은 물소리를 냈지만
산꿩을 날리고 토끼는 꼬리만 보았다

해가 기울면 초가지붕 굴뚝에 저녁밥 짓는 연기

집집마다 아이들 부르는 소리와 함께 피어오르면

눈 온 아침의 하루해가 고드름처럼 매달리며 저물어 갔다

* 장꽝 : '장독대'의 방언

인동초

산다는 게 때때로
견딤의 벼랑을 오르는 것이라면
삶은 무거운 것이런가

산다는 게 때때로
허물의 때를 묻히기도 하는 거라면
삶은 가벼운 것이런가

북풍한설 견디며 잎을 달고 있기에 인동초
처음과 나중 꽃이 은화와 금화의 전설로 피어나 금은화
달콤한 꿀을 품었지만 벌 나비 촉수는 닿을 수도 없어
외로움도 있을 건가
그 향기는 깊고 서늘하다

삶의 무거움과 가벼움
달콤함과 외로움을 인동꽃 향기에서 본다

샘

어릴 적 꿈이었을까
샘 파는 장이
물길을 찾아 나서는 고독한 여행자
물지게에 우물물을 나르던 길이 멀다면서
샘장이 아저씨 샘을 파는 날이면
같이 놀던 동무들도 까맣게 잊었던 날들

어둠 속에서 땅을 파며
물길 대신 빛을 찾는 샘장이 외론 몸짓마다
지상으로 실려 오르던 고단한 편린들
물길이 비쳐 빛이 스미면
샘장이 얼굴 갓 구운 듯
어둠 속에서 피던 얼굴 무늬 수막새의 미소

맨땅에 시작은 막연했지만
경계를 이루듯 섬돌로 성이 오르고

성안에 물이 쌓이면

파란 하늘 뭉게구름 멈춘 듯 흐르고

까만 내 얼굴 성루의 깃발처럼 흔들렸다

굴뚝 연기

한나절을 놀다 사립문 들어서며 어매의 그림자를 찾듯
부뚜막 살강 누룽지 한 덩이라도 찾아내려 뛰어들던 곳

늘 배고픈 아궁이 검은 입을 벌리던 부엌
부뚜막 온기에 연살을 다듬고 팽이를 깎던 공방
아버지 꾸중 듣고 형제들과 싸워
매워진 속에 불을 지피며 풀어내던 곳
공부 잘하라는 말보다는 선생님 말씀 잘 들어야 한다는
어매의 교시가 내려지던 곳

자명종 없어 편한 잠 한 번 기대지도 못했던 어매
들일에 지친 몸을 펄럭이며 돌아와서는
지친 몸으로 어둠 속에서
수제비를 떼어 내시던 허당처럼 깊었던 가난

기성회비를 밀렸다며 아침밥도 거르고 뛰쳐나가는
자식의 뒤통수를 보며
앞치마에 눈물을 훔치시던 어매의 부엌

아침저녁 굴뚝으로 오르던 연기는 어매의 비틀거리는 외침이요
풀어 제친 한이었음을
막연한 자유를 갈망하던 어매의 해방구였음을

겨울밤

이르게 오는 시린 겨울밤은 굴뚝 연기로 피어오르던 온기
뒤꼍 수수깡 울타리 술래잡기 놀던 참새들
추녀 밑으로 숨어들고
얼음판에서 놀던 아이들 귀를 막으며 집으로 돌아가고
개울물도 꽁꽁 언 얼음장 아래 숨어 흘렸다

녹아내리던 고드름 날을 세우는 겨울밤은 근질거리던 권태
내의 속 솔기를 들춰 근질거리던 이를 엄지손톱 끝으로 몰고
낡은 라디오 다이얼을 돌려 가며
연속극 주인공 비련에 내일을 기다리던
사랑방 새끼 꼬던 사내들 닭서리에 밤길을 더듬는다

문풍지 떨면서 가는 겨울밤은 달빛도 쌓이는데
숭늉대접에 살얼음이 지나갔다

방패연

줄을 잡고 암벽을 오르는 이처럼
하늘로 오르기 위해 방패연을 하늘에 올리면
바람이 연을 밀쳐 내면서 얼레는 신이 난 듯 몸을 흔들고
연은 더 높은 곳으로 오르겠다고 줄을 달라 보채고
연줄을 타고 오르는 몸은 바람에 흔들린다

바람에 흔들리며 줄을 잡고 허공에 오르면
하늘에도 나라가 있다는데
하늘로 가고 있으니 그 나라에 닿을 수 있을까
죽어서 가는 것이 아닌 살아서 가고 싶은데
연은 더 오르지 못하고 몸을 흔들며 심통을 부린다

바람 따라 구름이 흘러가듯 산과 들이 흘러가는데
줄에 매어 있는 연은 더 오르지 못하고 심통이 난 듯 몸을 흔들며
인연에 매어 있는 삶도 그러한 건가

겨울 바다

밀물에 돌아온 바다
한나절을 참지 못해 썰물에 다시 여행을 떠나고
제 풀에 외로워진 철 지난 백사장
어둠에 골진 등을 내보이며 드러누웠다

골목길 생선가게 비린내에도 먼 바다를 그리워하였던가
그리움을 앞에 두고 제 풀에 쓸쓸해져서
겨울 바다를 돌아 나왔다

바다가 돌아오면 한나절을 놀던 물고기 저녁 썰물에 돌아가고
물새들도 비탈진 둥지로 돌아간 지 오래인데
초엿새 상현달만 백사장을 거닐다가 돌아가는 길
밤안개 갈 길을 잃고 어둠에 흔들렸다

파도에 부서지듯 바다는 다시 돌아오고
태양처럼 뜨거웠던 머언 삶의 뒤안길을 철썩이며
돌아섰던 발길 돌려 한 발 두 발 빠져 갔던 겨울 바다여

왜 겨울 바다에 다시 빠져 갔냐고 묻지는 말아 주시길
찬 겨울 바다에 몸을 담가
덧난 상처가 쓰라려 아물어지기를
여름 바다처럼 뜨거워지고 싶었을 뿐이었더라고

세상을 열고 닫으며

닫힌 문 앞으로 던져진 활자화된 외침들
새벽 출근길 계단을 내려가며 신문으로 세상을 내려다보는데
언제나 아침 해는 동쪽에서 떠오르지만
세상일이 당연하기는 드물기만 한 것
세상은 늘 시끄럽고 나쁜 일도 치사한 자들도 많다

한나절만 지나도 옛이야기처럼 시들해질 건데
오로지 지들만이 정의의 사자인 양 큼지막한 외침들
내 앞으로 줄을 서라는 듯
내가 흔드는 깃발을 따라 움직이라는 명령처럼 굵고 검다

정의는 시시때때로 변하거나 바뀌는 거라며
너도 따라 큰 제목의 글씨처럼 큰 소리로 따라 읊어야 돼 하지만
큰 소리로 따라 읽지는 못하고 계단을 내려간다

저녁 퇴근길 다시 계단을 오르며 세상을 돌아다보면
계단을 내려가며 보았던 아침의 외침들은 시들하고
삶의 현장에서 엉겨든 편린들이 떨어져 발에 차이는 것
세상 사는 것이 늘 서투르듯
서운하고 아쉬운 것들 주머니를 뒤지며
아침에 내려온 계단을 오르는데
세상일이 하루가 또 그렇게 간다

3부

		봄	

소리로 부르는 그리움

민들레꽃 토끼풀꽃 피는 향기로운 사월의 들길에 서면
논두렁 나른한 봄볕에 졸던 개구리들 풍덩 물에 뛰어드는 소리
무논을 철벅거리며 농부가 소를 모는 소리
새들은 짝을 이루려 교태와 농염으로 달아오르며 지저귀고
소쩍새는 잇몸이 나는 아이처럼
또박또박 봄밤을 울어 서럽게 지나갔다
넉잠을 잔 누에들 뽕잎 갉는 소리는 개울물처럼 서걱거렸고
고욤꽃 지는 소리 고요한 호수에 빗소리처럼 튀어올랐다

차가운 문풍지 떠는 소리에 차오른 요강
오줌보 가득 찬 새벽녘 마루에서 몸을 떨며 앞산을 본다
아궁이 앞에서 군불 지피는
어머니 솔가지 분지르는 소리에 설핏 잠이 들었다가
동치미 시큼한 단맛을 쪼개는 도마질 소리는 희미했는데
밥물 넘치고 소댕 여는 소리에 잠에서 깨어 비질 소리나 냈다

멀리 시야를 가리며 몰려오던 소나기 가까워지면
뒤꼍 참나무 흔들며 습기 머금은 바람 소리 먼저 지나고
양철지붕을 사납게 두드리며 소나기가 몰려가면
맹꽁이 눈을 뜨고 한나절 짝을 부르고
초가집 추녀에서 낙숫물 지는 소리가 따라 흘렀다

엿장수 가위 치는 소리 아이스께끼장수 께끼나 하드를 외치면
뒤꼍 장꽝으로 헛간으로 뛰어다니던 소리
문화와 예술을 사랑하냐는 가설극장 선전차량이 마을을 돌고
긴 여름날 저물어 가면 고샅길에 아이들 부르는 소리가 달려 나가고
새벽닭이 울었던가 새마을을 만든다며
미루나무 꼭대기 새벽종이 힘차게 울렸다

삶은 콩 절구통에 된소리로 찧어지면 메주덩이 두드리던 소리
이불 홑청 홍두깨 두드리는 소리

도리깨 치는 소리 낫질하는 소리

이제는 돌아갈 수 없는 시절처럼 소리도 그리움이나 되었더라

손맛

손이 닿아서 만드는 맛도 있지만
손이 닿아서 기억하고 있는 맛도 있는 것
손이 닿아서 만들어진 맛을 그리움이라 하면
손이 닿아서 기억하고 있는 맛은 돌아가고픈 풍경이다

텃밭에 자란 상추를 뜯은 날
아궁이 간장에 조린 밴뎅이 비린 맛이 그리워지고
써레질한 논에 쓸쓸하게 이앙기가 지나면
손모를 심던 들밥 먹던 풍경이 어른거린다

호박꽃 피면
여름날 모깃불 타는 앞마당 밀대방석에서 먹던
수제비가 그리워지고
과일가게 빨간 사과를 보면
하굣길 과수원 울타리 두리번거리며
울을 넘고 싶어 흔들리던 가을날이 돌아 나온다

세상이란

세상이란 하늘과 땅 사이 모든 것이라지만
세상이란 세 개의 상이 있다는 것

아침에 눈을 뜬 내 얼굴이 첫 번째 상
잠에서 깨어나 눈을 뜬다는 것은
지난밤의 번민과 마주할 하루를 내다보듯 마음의 창문을 여는 것
아침에 눈을 뜬 얼굴은 하루를 살아가는 첫 번째 세상

세상이란 나에게 세 개의 상이 있다는 것
집 밖에서 만나지는 이들에게 드러내는 내 얼굴은 두 번째 상
밝거나 어둔 표정은 변하듯 변하기 어려운 관상이고
너에게 보여 주는 팔자
내일도 꿈도 현실의 품새도 온몸의 근육이 옹쳐
반응하는 표정으로 나오는 것
시시때때로 발현하는 표정은
삶의 무게를 저울에 올리는 두 번째 세상

세상이란 나에게는 세 개의 상이 있다는 것

눈을 뜨고도 볼 수 없거나 보이지도 않으면서

속으로 쫄아드는 허상은 세 번째 상

세상은 보아도 볼 수 없거나 보지 않고도 본 것 같은 혼란 투성이들

허상 앞에서 저마다의 삶은 비틀거리고 흔들리며 가는 인생길

생과 사 기쁨과 슬픔 분노와 용서를 넘나드는 허상은 세 번째 세상

세 개의 상을 날마다 만나고 부딪치면서 살아가는 인생길

세상을 세 개의 상으로 지나다 보면 저세상

프리지어

입춘이 지나도 봄은 기다림으로 서성거리는 먼 바람
꽃샘바람이 지나는 거리를 지나며 꽃집 안을 두리번거려도
아직 기다리던 봄은 오지 않았다

숭례문 옆 높다란 빌딩 아래 꽃 파는 거리의 꽃집 사내
덕수궁 높다란 대문 앞을 지나 서울역으로 가는 퇴근길에
만나면 꽃처럼 웃어 주던 그 사내
찬바람이 거리를 지나는 겨울날이면 카바이드 불을 밝히고
알록달록 한 켤레에 오백 원 양말꽃을 피워 놓고는
그 앞을 지나는 사람들과 눈을 맞추려고 애쓰지만
눈웃음은 찬바람에 서글프게 멀리 달아나고야 말고
언 발을 돋움하며 프리지어 오는 봄날이나 기다렸다네

우수쯤이 지나서야 거리의 꽃집에 봄이 피는데
봄바람 따라 상경한 노란 프리지어
수선과 난초를 닮은 것 같으나 수더분해 뵈는 꽃

연모하던 님을 만나듯 프리지어를 만나던 날

그 밤에 건네줄 누군가를 두리번거리며 그에게 말을 건넸는데

지난겨울은 너무 길고 춥기도 하였지요

그래도 봄이 온다고 프리지어 피었네요

크게 한 묶음으로 봄을 한 단 주세요

프리지어 한 다발 받아들어 배낭에 꽂고 거리를 지나는데

풍금 소리에 맞춰 부르던 동요가 꿈결처럼 흘러나왔다

나무 지게에 활짝 핀

진달래가 꽂혔습니다

어디서 나왔는지

노랑나비가 지게를 따라서 날아갑니다

뽀얀 먼지 속으로 노랑나비가

너울너울 춤을 추며 따라갑니다

떡갈나무 봄 숲에서

웅크린 겨울은 장에 가신 어머니를 기다리던 날처럼
더딘 시간으로 흐르고
여름 철새를 따라 떠난 봄바람이 바다 건너 남국에서
다시 돌아오는 시간
개구리가 잠을 깨면 대지도 눈을 뜨고 제 몸을 데우며 달아오른다

공중을 도는 놀이기구처럼 꽃샘바람 어지럽게 들녘을 오르내리면
봄볕에 녹아내려 일렁이는 불꽃도 보이지 않아 여우불이라던가
검은 자국들이 번지며 달아나는 불길을 쫓듯 봄꽃들이 번진다

튀밥 터지듯 꽃그늘로 겨우내 허기진 군상들이
손을 벌리며 몰려들고
지난 꿈처럼 꽃잎들이 한바탕 바람을 흔들더니
봄눈처럼 녹아내린다

채 아물지 않은 상흔을 달래듯 봄비가 대지를 간질이던 날
마른버짐 피던 메마른 봄날에 찔레순 꺾으러 산으로 가던 소년인 양
성당을 지나 떡갈나무 어둔 숲에 들어서는 안개 더미에 파묻히고
길을 잃은 어린 사슴처럼 떡갈나무 사이로 낯설게 서성였다

낯선 외로움을 끌어안듯 떡갈나무 한 그루 팔을 두르고
온기를 나누며 검은 하늘을 올려다보았을 때
가는 비에 젖어 피어나는 그 연초록 떡갈나무 잎들의
지절대는 소리를 보았다

넉잠 들려는 누에의 뽕잎 갉는 오래된 시간들이 돌아오고

긴 산기슭 차가운 기다림의 환희가 얼음 풀린 개울물처럼 흐르며

낯선 설렘이 온몸으로 치대어 간지럼이

지난 살갗이 돌기처럼 부풀었다

광야에서 엎드려 여러 날을 기도 중에 신의 음성을 들은 선지자인 양

엄마 손에서 떨어져 흐른 눈물이 땟국으로 말라 갈 때

다시 엄마 손을 잡은 어린아이인 양

떡갈나무 잎들의 지절대는 소리로 가득 채워진

희열이 내게로 왔을 때

나도 한 그루 떡갈나무가 되어 봄밤을 오래 서 있었다

제비꽃

봄이 되면 네가 기다리지 않아도 나는 거기에 갈 거야
나의 그리움을 따라서
봄이면 볕 좋은 돌담 아래 해마다 와 있던 곳으로

네가 보아주지 않아도 나는 필 거야
나의 봄을 위하여
보라색 고운 빛을 가득 모아서

네가 나의 이름을 불러 주지 않아도 나는 서운치 않을 거야
제비가 돌아오면 지지배배 내 이름을 불러 줄 거야
그래서 내 이름이 제비꽃이야

매화

매화꽃 본다며 선암사에 갔던 날은 봄비가 부슬거리고
승선교 건너 절집 돌담길에 선 오래된 매화나무들
굽은 허리 지팡이에 기대서듯
동네 잔칫집 마실 가는 늙은 할매들처럼
머리 위에 고운 꽃우산도 받쳤더라

섬진강 굽이굽이 구례골로 오르고는
지리산 골짜기 숨어 사는 도사님 만나러 문수골에 오르던 길
외딴 산골 집 수줍은 처녀마냥 새초롬 분내를 풍기며
울을 넘겨다보던 앳된 매화를 보았다네

도사님 매화향기에 취한 듯
어지러운 세상 이제 진인은 오지 않는다며
이제는 저마다 주인이 되어야 한다는
지당한 소리나 받아들고 내려오던 길
오미리 운조루 낡은 돌담에 기대고 핀 매화
옛날 영화를 그리워하듯 애처로웠더라

할미꽃

요즘 환갑 나이 노인 축에 들지도 못하는데
제상에 모신 할매 얼굴 주름살은
씨감자 묻은 밭고랑처럼 깊었다데

명절 차례와 제삿날로 일 년에 세 번만 보는 할매 얼굴은
언제나 웃지도 않았는데
어매는 사진을 치울 적마다 궁시렁 궁시렁
매운 시집살이 설움은 세월의 강물에 띄워 보낸 듯
손주가 구엽다고 굽은 등에서도 내려놓지 않았었다고
윗말 아랫말 마실 다니며 동네방네
자랑도 이만저만 셀 수도 없었다는 둥
무심한 손자는 그 얼굴이 낯설기만 했는데

그렇게 손자가 구여웠다면
그 모습 한 점은 어찌 남겨 주시지도 않고
세 돌도 지나기 전 환갑상도 받지 못하고 저 세상으로 가셨던 건지

봄볕이 고운 산고랑 할매 무덤가
그 자리에 할미꽃은 봄마다 피어나는데
궁벽한 살림 아버지 낳아 기르셨고
손주는 그 굽은 등에 오줌도 지리며 숱하게 오르내렸을 것인데
굽은 등은 그대로인 채 할미는 꽃으로 피어나 포근하게 웃으시면서
할미도 한때는 이렇게 예뻤다며 수줍어 붉어지셨다

둥지

새봄이 오면 새들은 새둥지를 만들더라

연장도 손도 없이 입으로나 발가락으로 둥지를 만들더라

처음 봄을 맞는 햇새들도 둥지를 만들더라

어깨너머 배우거나 현장 실습도 없이

까치며 수리 같은 몸집이 큰 것들은 얼기설기 둥지를 만들고

동고비며 뱁새 같은 몸집이 작은 것들은 촘촘하게 둥지를 만들더라

새봄이 오면 새들은 새둥지를 만든다

새들이 만드는 둥지는 아기 새를 키우기 위한 것

둥지를 만든 어미 새는 밥때도 거르고 알을 낳아 굴리며 품고

알에서 깨어나면 산으로 들로 먹이를 물어다 먹이는데

새끼가 다 자라면 어미 새도 아기 새도 둥지를 버리더라

새들에게 둥지는 아기 새를 키우기 위한 것

새들은 아기 새가 다 자라면

아기 새가 먼저 둥지를 떠나고 어미 새도 집을 떠난다

새들에게 둥지는 떠나기 위해 존재하는 것

아기 새가 날갯짓을 하고 떠나면 미련 없이 둥지를 버린다

탱자꽃

촘촘한 가시 사이 작은 참새 한 마리도 들 수 없는 탱자나무 울
화사한 봄바람이나 드나들면
죽은 듯 가시 사이
희푸른 싸락눈처럼 옹알거리며 탱자꽃 몽우리 내려앉는다

희푸른 몽우리 순백의 꽃잎을 열고
순하고 달콤한 향기를 퍼트리면
꽃잎이 다칠려나 사나운 가시를 움츠렸다

순한 향기 가시 사이로 번져 나오면
쉽게 다가갈 수도 만져 볼 수도 없기에
탱자꽃 서럽게 피면서 진다

가시가 없는 사랑은 얼마나 허무할 건가
가시를 향해 다가가는 자에게 탱자꽃향기 얼마나 달콤할 건데
탱자가 익으면 시어서 깊고 깊어서 오래 머무른다

어매의 놀이터

보통학교 문턱도 넘지 못했다는
어매의 소녀 적 놀이터는 어디였을까
또래들 학교에 가면 언 땅이 녹아 질척거리는
보리밭을 기며 한나절이 가고
또래들 학교에서 돌아와서는
공기놀이 고무줄놀이에도 끼워 주지 않았을 터
개울가 시린 물에 빨래를 하고 갈퀴 들고
나무하러 뒷산에도 올랐다더라

우물가에 분홍빛 복사꽃도 피었던 날
아지랑이 가물거리던 보리밭 고랑 오르내리다 호미자루 던져두고
단봇짐에 장항선 완행열차 몸을 숨기고 서울 가서는
남의집살이 눈칫밥이나 먹다 다시 고향으로 내려오셨던지

다정하게 손을 잡혀 보지도 눈 한번을 맞춰 보지도
못하고 시집가서는

박꽃처럼 곱던 얼굴 면경에 비춰 보지도 못하고

시부모에 조카며 자식들 건사하고 들일을 하고 밥을 짓고 살았을 터

친정에 가면 놀이터가 될 수 있을라나

친정집은 언제나 멀기만 했다더라

언 개울물 기저귀 빨래를 하며 세 살 터울 삼남매를 낳고

월남치마 먼지 앉을 새도 없이 종종거리며

그 어느 곳 놀이터는 없었을 터

세월은 파뿌리처럼 무심했다

연어가 모천으로 돌아오듯

늘그막에 귀거래사를 읊으며 고향께로 와서는

던져 버렸던 호미를 다시 사서는 묵정밭에 돌을 가려내고

소꿉장난처럼 씨앗을 뿌리고 모종을 심었더니

머리칼 희끗해진 아들이 손님처럼 왔다 가면서는

이제야 어메 놀이터가 생겼다나 뭐라나

어매요

어매가 가꾸던 작은 텃밭은 계절의 순환처럼 변화가 무쌍했고

오묘한 자연현상이 생성되고 소멸되던 공간이었다고

어매의 몸을 빌려 세상에 나왔듯이

텃밭은 나를 키워 낸 어매와 같은 곳이었다고

텃밭을 다시 가졌으니 어매의 놀이터가 생긴 거라고

오늘도 어매는 낡은 유모차에 굽은 몸을 기대고 놀이터로 간다

속상한 일 답답한 일들 텃밭에 잡초가 자라듯 날마다 지천이지만

어매는 놀이터에 가 한나절을 논다

보리밭

봄은 언제나 긴 보리밭을 지나서 오던 것
손등을 쩍쩍 갈라지게 하는 메마른 바람도
사랑방 고구마 퉁가리 바닥을 드러내면 깊어지던 허기도
서릿발 버석거리며 긴 보리밭을 지나서 왔다

봄은 언제나 보리밭을 지나서 오던 것
아지랑이 언덕을 넘으면
보리밭 고랑 어매는 점으로 멈춰지던 곳
어매 맘은 뒤로 가는데 호미만 앞장서던 길
우물가 복사꽃 바람에 날리면 버짐 핀 누이 단봇짐을 싸고
봄은 짙어지는 보리밭을 지나서 왔다

봄은 언제나 보리밭을 지나서 가던 것
창끝처럼 보리꽃 피고 물결치듯 보릿대 흔들리면
긴 보리밭 건너서 가던 봄날
어매의 허기처럼 멀어져 갔다

진달래꽃

이별의 강을 건너면 그리움의 산이 다가서듯
허기진 빈 들을 지난 바람이 온기를 부려 놓으면
대지는 눈을 뜨고 들풀들을 두드려 깨웠다

산골마을 오래된 살구나무
봄 햇살에 튀밥 터지듯 붉어지는데
진달래 붉게 붉게 산을 태우듯 번져갔다

붉어질 수 없어 애태웠던 봄날은 그대로인데
꽃 따러 왔던 버짐 핀 아이들은 어디로 간 것인지
허기를 채우듯 꽃잎을 따 넣었던 입술
꽃잎에 물들었던 시절은 바람이 되어 산을 넘었다

설운 분홍으로 차갑게 물들던 입술도
이제는 품을 수 없어
잊힌 정인처럼 너를 연모하누나

산수유꽃

매화가 섬진강을 건넜다는 기별을 받아들고
한 마리 멧새처럼 구례 산동골에 깃들었던 날
골골마다 산수유꽃 잔치 소문이 왁자했더니
소문난 꽃 잔치에 꽃들은 보이지 않고
노란빛이 구름처럼 마을을 건너 산을 오르고 개울가로 흐른다

팍팍한 산골 살림
갈이면 산수유 열매 거둬
어금니로 씨를 발라내느라 삭은 이 가리려 섧게 다물었는데

척박한 땅에 뿌리를 내린 억세고 뒤틀린 나무처럼
늙은 할매 서넛이 돌담 아래 햇살을 모으며
봄나물을 펼쳐 놓았더라

애쑥 한 소쿠리 배낭에 담으며
산수유 꽃들은 다 어디 갔대유
할매는 먼산에 눈길을 두고는

산수유는 꽃으로 오지 않고 빛으로나 오는 것이제
시방 사방이 노란빛 천지잔여

돌나물꽃

물지게 지고 두레박 걸린 우물가에 갔던 이른 봄날
성긴 돌 틈 사이 푸른 이끼가 화사(花蛇)처럼 실눈을 뜨고
돌나물 새순도 삐죽삐죽
아기가 걸음마 하듯 돌 틈을 기어 나오더라

두레박에 물을 길어 물동이에 담고
연초록 돌나물 한 뿌리도 주머니에 옮겨 들고는
개울가 버려진 깨진 옹기 하나 주워 와 묻어 주었다

마당가 옹기에 든 돌나물은 실쭉거리듯
봄 햇살처럼 퍼지던 우물가 수다 소리 그립고
낯선 옹기도 미웠지만
어차피 땅을 기는 생이거늘 여기가 내 땅이라며 설움도 참아 내고
허튼 몸살도 없이 기어나며 옹기를 연초록빛으로 가득 채우고는

봄볕에 멍들어 마당가에 뚝뚝 모란이 져 내리던 날

순하게 노란 별무리로 피어나던 돌나물꽃

우물가 같이 놀던 애기똥풀꽃 뱀딸기꽃도 피어날 거다 그리워하며

낮에도 별이 되어 돌나물꽃은 핀다

토끼풀꽃

마른 바람이 지나던 봄 들판에 푸른빛이 수북해지면
토끼풀꽃 피어났다
철벅거리면 한나절 무논을 갈던 머슴 밥상에 오르던
고봉밥처럼 토끼풀꽃은 푸짐하게 피어나는 것

토끼풀꽃 피면 사월의 그리움도 피어나는데
서낭당 고개 넘던 하굣길 동무들 몰래 이웃집 순이 손에 찜매주었던
향기로운 꽃반지의 아릿한 연정도 피어나고

새마을 동구 꽃동산에 4H 처녀총각들이 세운 탑에
지·덕·노·체 네 잎도 피어난다

토끼풀꽃 피면
급할 것도 없이 오물오물 토끼풀을 먹던 토끼들 모습이 그리워지고
대바구니 가득 토끼풀을 채워
향기로운 들길을 가던 소년의 모습도 피어난다

꽃이 피는 이유는

꽃들은 왜 피어나는가
작은 열매들이 세상으로 나올 수 있는
길을 만들기 위해 피어나는 것이다

나도 누군가에게 길을 만들어 주었던가
꽃을 피워야만 열매도 맺을 수 있는 것
꽃들은 열매들이 세상에 나오게 하려고 피어나는 것이다

감꽃

추풍령보다 대관령보다 높고 험한 보릿고개를 넘던 시절
사랑방 고구마 퉁가리는 비어진 지 오래이고
해가 기울고 굴뚝 연기 피어오를 저녁나절은 멀기만 한데
그을음 어둔 부뚜막을 두리번거려도
살강문을 여닫아도 빈 대접들만 웅크리고 있던 부엌
우물가 자배기 담긴 누런 싱건지 한 잎 꺼내 든 봄날

찔레순도 칡순도 꺾고 싱아도 삘기도 뽑아
허기진 배 새참으로 채우고는
꽃이 지는 향기로운 감나무 아래 사금파리 그릇에 점심밥상 차렸다
소꿉놀이 각시라던 옆집 순이 반찬을 만들 때
신랑인 양 감꽃을 명주실에 꿰어서는 순이 목에 걸어 주고는
신랑과 각시처럼 감꽃 반찬에 밥을 먹었다
감꽃이 피는 오월의 한낮
감꽃 반찬은 떨떠름하고 달콤했다

나신상의 전설

부처님께 인사도 올리지 않고
대웅전을 돌며 기둥 위를 올려다본다
네 기둥 처마를 받치고 웅크리고 앉아
배신과 원통의 모진 벌을 받고 있는 거라는
강화 전등사 나신상의 전설

불사를 맡은 도편수
웃음도 헤픈 아랫마을 주모에게
장래를 기약한 정도 품삯도 맡겼다는데
기다리던 불사가 끝났는데
주모는 다른 사내와 눈이 맞아 야반도주했다던 이야기

그래
도편수사내의 억울한 심사로 오래갈 징벌은 백번 지당한 것이지
그러더라도
날이면 날마다 새벽이며 저녁 예불 소리를 들어

도망친 여인에게 참회의 기회를 주었던 것일런가
그보다는 도편수 사내의 예술적 복수가 더 멋지지 않은가
그보다는 고상한 척 손가락질하며 올려다보는 숱한 이들
그 빤한 속을 들여다보기는 얼마나 곰진 일일런가

송화

아까시꽃이 피면 덩달아 찔레꽃도 피고
남지나해 먼 바다 긴 산맥을 건너
고향 찾아 꾀꼬리 뻐꾸기도 오면
경쾌한 멜로디며 꽃향기는 봄 동산에 넘실거리며
송홧가루 뿌옇게 산을 넘었다

마른 봄바람이 송홧가루 다 털어 내기 전
홑이불을 깔고 소나무 흔들어서는
그 고운 가루들은 모았던 봄날이면

어매는 고운 가루 개어 틀로 밀어 다식 박아내고
몰래 입안에서 풀어내면
뻑뻑함에 알싸한 솔향과 달콤함이 피어났는데

바람에 날리는 송홧가루 산을 넘지도 못하고
빗물이 모아 준 것들만 보아서는
송홧가루 날리던 시절을 기억하며 앞산을 본다

한나절 가는 봄을 노래하는 뻐꾸기 노래하는 소리는 들었을까
봄바람에 산을 넘는 송홧가루 볼 수도 없었을
산지기 외딴집 눈먼 처녀 하나 살았다는데
외로운 산골 소녀로도 봄날은 섧고 아득하기만 한 것을
어찌 시인은 야속케 눈까지 멀게 한 것인지
송홧가루 날리던 봄날은 서럽게 갔다

금낭화

봄날의 아침은 날마다 새로움으로 오는 것을

아침에 눈을 뜨면 새로움으로 설렘도 열려지고

들에 피어나는 새싹들도 산에 사는 나무들도 날마다 새롭다

때를 안다는 것은 철이 든다는 의미와도 같은 것을

자연에 사는 것들은 때를 안다

때를 따라서 꽃을 피우고 열매를 맺는 것

긴 시간 공부하는 의미를 묻는다면
세상의 명리를 얻기 위한 것인가
밥벌이를 얻기 위해서인가
때를 알기 위해서인가

공부가 단지 밥벌이를 하기 위한 것으로 치달으면서
삶은 오히려 삭막하고 위태로워졌음을
때를 알려면 몸과 마음이 소박함으로 비어져야 하는 것
때를 안다는 것은 결국 깊은 성찰과 낮아짐으로 오는 것

아침 출근길 금낭화가 피어난다
투명한 아침 햇살이 무색하도록
절집 마당에 가득 찬 연등을 다는 마음
연등처럼 켜 든 금낭화의 바람은 무엇일까

새삼

외롭더라도 견디며 살자는
그게 어디 쉬운 일이던가
바라만 보고 말 한마디 섞지 못하던 짝사랑은 얼마나 서러웠던가

지독한 사랑의 집착은 허공에 내딛는 발길처럼 감미롭다
사랑은 곁에 누군가를 무언가를 타고 감아 오르기도 하는 일
나누는 것이 없다는 것은 더 견디기 어려운 것인가
존재함의 이유로 무성한 누군가를 질식시키기도 한다는 것을

새삼 줄기 어릿광대처럼 허공에서 줄을 탄다
허공에 디딘 발 닿아지는 곳이 나의 영토
나의 영토는 뿌리에서 물을 길어
광합성으로 나의 양식을 준비하는데
새삼스럽게 나의 영토에서 질식하도록 거친 사랑을 감아 나간다
숨구멍조차 막으며 발길 닿는 대로
사랑한다고 새삼스럽게 말하지는 말자

들밥

행여 그대 소가 써레질하던 시절로
모내기하던 날의 들밥을 먹어 보았던가

대지에 축복처럼 내려앉던 연초록 햇살
토끼풀꽃 민들레꽃 둠벙가 꽃창포 흐드러지고
들길을 따라 기다리던 아낙의 들밥
종달새 지저귀고 나비들의 한가로운 몸짓
들밥이 닿으면 이른 새벽 모찌기부터
시작된 고된 육신에 주어지던 휴식
지나는 방물장수 엿장수도 부르고
건너 논에서 써레질하던 이도 모두 불러 모으고
동네잔치처럼 수다스럽고 풍요롭던 풍경

가파른 보릿고개 끝물이었지만
뽀얀 쌀밥 제철로 열무김치 머위나물
구수한 아욱국에 뱅어포구이 갑오징어 숙회 간장게장까지

막걸리 한 잔씩이 돌려지고

그중 어른이 고수레를 외치고서야 먹던 음식들

단순히 배를 채우는 것이 아니었고

서로의 마음을 나누고 정을 채우던 음식

봄 가뭄 물꼬 싸움 거친 생채기도

매끄러운 아욱국에 말아 삼켜 버리는 자리

대지의 정령에게 풍년을 간구하는 성스러운 자리

고된 노동의 허기에 닿는 영혼까지의 충만

제철로 맛깔스런 손맛이 어우러져 수라상이 부럽지 않던

부자도 가난도 잠시 존재하지 않던 자리

풋내기 일꾼의 얼굴을 멋쩍게 물들이며

고된 육신을 풀어내듯 질펀한 해학 같은 농담으로

웃음도 피워 내던 곳

시들시들 몸살을 해야 제대로 뿌리를 내리고
비를 맞고 뜨거운 햇살에 몸집을 불려 이삭을 여물리도록
일용할 양식이 되어 줄 간구와 감사함을
대지의 정령들에게 간구하던 자리
들밥 후에 부드러운 대지를 드러 베고 누워 흰 뭉게구름을 이불삼아
한 줌의 토막잠은 그 들밥만큼이나 맛나는 달콤했던 것

들밥은 모내기 날이 최고잔여

밤꽃

연둣빛 눈이 내린 듯 밤꽃이 피는 마을
산에 들은 강물처럼 푸른 물결이 흐르고
찔레꽃 아까시꽃 향기가 아련한데
태양이 뜨거워지며 응큼해지는 향기
꽃으로 피어난다지만 꽃스럽지도 못한 게
멀리서 향기로 스미지만 다가가면 집착으로 느끼하다

엉기고 태우지 못한 처연한 춤사위 모냥
갈래갈래 부서지듯 풀어 제치고
응어리진 여인의 숨겨진 정염이런가
가시로 집을 짓고 숨어들어 뜨거운 여름을 건너서는
갈바람에 알밤을 품었다

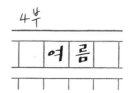

4부

| 여 | 름 |

수련

연도 좋아하지만 수련을 더 좋아하지요
그래서 여름을 연못을 모네도 좋아하지요.

해 뜨는 아침을 기다리는지 별이 흐르는 밤을 기다리는지
고운 꽃잎을 열기도 덮기도 하는
그래서 헤프지도 않는 그 모습을 좋아하지요

흐린 진흙에 뿌리를 두었지만 청초한 잎을 띄워 물을 구별하고
차가운 물길로 긴 꽃대를 밀어 올리는
그래서 뜨거워지는 태양을 기다리는 그 열정을 좋아하지요

화려하지만 결코 미혹되지 않을 꽃을 피워 내는
그저 보기만 해도 좋아져서 미소도 번져나는
가면서 보고 오면서 봐도
내일 또 보고 싶어지는 그 모습을 좋아하지요

수련이 피면

지나간 유년처럼 동그라미 물땅땅이 소금쟁이를 그리워하고

연못을 여름을 모네를 좋아하지요

아침을 기다리는지 저녁을 기다리는지

그 흐린 물속처럼 알 수도 없지만

화려하지만 미혹되지 않는 청초한 자태

그래서 수련을 더 좋아하지요

동냥아치

여행은 동냥아치처럼 떠나야 한다고 내가 말했다
그래야 사그라져 가는 마음의 정을 채워 올 수도 있더라고
빈 깡통 주머니에 이야기도 가득 채워 올 수 있더라고

여행은 낯선 풍광과 사람을 만나는 건데
무엇을 버리고 무엇을 채워 오려 떠나는지
여행 가방은 무겁거나 지갑은 두둑하기도 하더라

남는 건 사진이라며 풍경을 뒤로 두며 이 모양 저 모양 부산스럽고
먹는 게 남는 거라며 가지가지 배를 채우는데
술로 남는 건 두통뿐이더라

여행은 낯선 빛을 보거나 찾아내려는 것
풍경에서도 사람의 얼굴에서도 빛은 번져나는 것
번져나는 빛은 가슴으로 스미는 것

여행은 빛을 채워 오는 것

산과 들로 강으로 내리는 빛과

일출도 일몰도 저마다 사람들의 빛도 보아 오는 것

사진으로도 배를 채워서도 남는 것이 아닌

이제까지 보지 못한 풍경을 마음에 담아 오거나 새겨 두는 것

빛을 마음으로 채워 오는 것이다

섬과 바다

아득한 먼 길 흘러와서는
바다는 애타게 소리치며 소리치며 섬에게로 달겨들고
섬은 태고의 긴 외로움으로 지쳐
바위처럼 견고하게 바다를 밀쳐내고
바다는 서러운 눈물처럼 하얀 포말로 부서져
멍든 몸을 퍼렇게 풀어내 물들였다

섬은 바다가 될 수 없고 바다는 섬이 될 수 없음을
너도 내가 될 수 없고 나도 네가 될 수 없음을
그리움은 외로움이 될 수 없고 외로움은 그리움이 될 수 없음을
그리움은 그리움으로 외로움은 외로움으로 서 있는다

내가 너에게 바다처럼 달겨들었을 때
너는 나를 밀쳐내고
네가 나에게 달겨들었을 때
나도 너를 밀쳐냈던 슬픈 비애여

바다가 있어 섬이 되고 섬이 있어 바다로 존재할 수 있음을
섬 그리고 바다처럼
너와 내가 그렇듯이 온전히 하나가 될 수 없다는 것을

끊임없이 달겨드는 바다 밀쳐내는 섬이
나와 네가 원망하거나 깊은 설움으로 슬퍼할 수 없음은
외로움은 외로움으로 그리움은 그리움이 되어질 때문이었다

칡꽃

꽃들의 향기에도 저마다 맛이 있다는 것을
도라지꽃 그 뿌리처럼 쌉싸름하고
밤꽃은 치렁치렁 느려진 욕망을 품고 있듯 느끼하다
인동초꽃 추운 겨울을 견딘 강단으로 아릿하고
불두화 그 태생의 비애로 향기를 만들지 못한다
보리꽃 향기 창끝처럼 깔끄럽고
호박꽃 향기는 그 속살처럼 들큰한데

칠월은 달큰한 칡꽃이 피는 계절

바닥을 기는 것은 수치인 양 곁에 서 있는 것들을 타고 오르고

저마다 누군가를 무언가를 기대고 사는 것이라지만

삶의 한 방편처럼 무언가를 감아 타고 오르며

빛을 가리고 숨을 막히게 하는데

칡꽃의 달콤한 향기

서 있는 것들을 감아 오르는 야만으로 피워 내는 비애런가

감자꽃

보릿고개 넘어가는 산밭에 자주색 감자꽃이 피면
자주색 감자가 커져 가는데
뱁새 둥지 몰래 알을 낳고
뻐꾹새 뻐국 뻐국
한나절 이 산 저 산 놀러나 다니는 초여름

가정실습이라며 학교도 가지 않고는 뙤약볕에서 보리를 베고
장마기 오면 천수답에 늦모를 심고
고구마 순을 잘라 심었다

숨어들 그늘도 없는 밭고랑을 기며 콩밭을 매는
어매를 위해 차가운 우물물을 퍼 올려 당원을 풀고
하현달처럼 기운 놋수저로 자주 감자 껍질을 벗겨 삶아
들길을 가면
물뱀이 똬리를 풀고 개구리들 풍덩풍덩 물에 뛰어들던 날
뜸부기 우는 한낮 뭉게구름 뒷산을 넘어간다

옥수수

이른 아침 텃밭에 다녀오신 듯 팔순을 지난 어매의 전화
출근헝겨 야들 여름방학 시작하면 한번 댕겨가
옥시깽이 다 쇠기 전이

나란히 나란히 텃밭에 선 옥수수 여물어 가는 칠월 이맘쯤이면
당신은 손자들의 여름방학이 시작되는 걸로 기억하시는 거다
바늘구멍 밥벌이에 팔려 가야 한다며
여기저기 두터운 문을 두드리는 고단한 날들
손주들에게 여름방학은 이제 지나간 세월의 그림자인데

어매는 아직도 손주들 여름방학을 기다리며
봄이면 옥수수씨를 묻는가 보다

달맞이꽃

그리움은 멀리 있어서
그리움은 바라보는 것이다
오래 바라보노라면 바람이 일고 마음을 흔들리며
연정이 품어지는 것
달을 그리워하듯 바라보는 달맞이꽃이여

첫사랑이 처음 사랑이 아닌
여러 번이라도 처음 돋아나는 마음이라면
티티카카호수의 갈대배처럼
저녁이 되어 밥을 기다리듯
개밥바라기별과 나란히 초생으로 오다가
완도 앞바다에 떠 있는 주도처럼 둥글어져 오는 달님아

아침이면 멀어지듯 작아져 가도
멀리 떠난 듯 며칠을 볼 수 없어도

구름이 가려 볼 수 없는 날에도 바라보는 것이다
해가 뜨는 아침에도 마음을 열고 바라보는 것이다

해가 기울면 피어나고 달이 뜨면 꽃잎을 여는 달맞이꽃의 연정
달을 그리워하는 달맞이꽃은 달빛으로 핀다

맹꽁이

맹꽁이는 어떻게 생겼지
맹하고 꽁하게 생겼어
맹꽁이는 어떻게 울지
맹하면 꽁하고 울지

촌부는 타는 듯 검게 그을린 얼굴로 하늘을 본다
새벽참 눈을 뜨고 올려다본 하늘인데 자꾸만 올려다본다
자주 본다는 것은 속이 보이더라도 간절함인 것을
야속하고 원망의 마음이 차고 넘치지만 이내 마른침에 삼켜 넘기고
대지는 먼지를 날려 타들어 가는 분노를 날린다
딱딱하게 굳은 땅속에서 기도처럼 죽은 듯
궂은 날을 기다리는 맹꽁이를 생각하는 이들은 없을텐가
오늘인가 내일은 오려나
낮과 밤을 오가며 먼 간극을 건너간다

마른 흙을 날리던 바람이 습기를 머금고 오면

바람 냄새만 맡고도 맹꽁이 마음은 들뜨기 시작했을 것

마른 흙을 두드리는 소리

젖어들며 부풀어 오르는 흙냄새

생명의 기운이 스미어 오면

마른 몸이 뜨거워지고

오랜만에 노래를 불러 보아야지

짝은 어떻게 생겼을까

물오른 대지로 나왔을 때 말라 가던 초목들은

몸을 흔들며 춤을 추는데

장맛비 시작되면 맹하고 꽁하게 노래 부르며 짝을 찾는다

장맛비에 맹꽁이의 여름 왁자지껄 익어 간다

패랭이꽃

오가는 이도 드문 산골짝

삼복더위 가팔라지는 염천에 피어나는 꽃

여우가 우는 밤

산을 넘고 이슬에 짚신을 적시던 장돌뱅이 고달픈 길에도

바다 건넌 왜군이 강토를 유린하며 북상하던 길

성이 무너지며 병사들이 돌처럼 무너지던 길에도 피어나던 꽃

의관으로 신분을 가늠하던 서러운 시절

패랭이꽃 닮은 패랭이를 쓰고

구름처럼 물처럼 흘러야 생도 흐를 수 있었던

장돌뱅이 고달픈 길에도

무딘 창으로 총탄에 맞서던 병사들 지치고 허기진 절망에서도

뜨거운 태양에 패랭이는 피어났는데

어깨에 걸머멘 짐은 몸의 분신

재 너머 주막집 주모를 만나지듯

가야 할 곳이 많아 서러웠던 그 길에도
고향에 돌아갈 수 없는 무너지는 성곽에서도
패랭이는 속절없이 지던 세월

패랭이 쓴 보부상들도
무너지던 성의 쓰러진 병사들의 머리 위에도
서럽게 패랭이는 피고 졌던가
오가는 이 드문 산길에 패랭이꽃 바람에 흔들리며 핀다

호박꽃

호박꽃이 피면
초가집 장꽝 뒷간 돌담 사립문 부뚜막 토방 토끼집 이제 흐려져 가는
이름말들이며 풍경들이 같이 피어나지요

호박꽃이 피면
애호박 한 광주리 가득 이고 독고개 넘어 십 리도 넘는 길
광천 장에 다녀오신
꽃처럼 예쁘시던 어머니 얼굴이 피어나지요
돌아온 광주리엔 먹갈치 두어 마리
구문 칠 검정 고무신 한 켤레
장맛비에 불어난 개울물이 몰래 데리고 간
검정 고무신 한 짝도 서럽게 피어나지요

호박꽃이 피면
이십 원 하던 삼양라면 한 봉지에
한 바가지 물을 붓고 기름도 떠다녀서
늘 젓가락이 아섭기만 하던 부뚜막 앞에 버짐 핀 얼굴들이 피어나지요

호박꽃이 피면
수제비 칼국수 그 여름 저녁을 들큰하며 뜨겁게 하던 퍼릇한
호박볶음 느끼함이 피어나고
호박나물 비릿하게 기어 다니던 뽀얀 새우 몇 마리와
까끌까끌 쪄 낸 호박잎에 강된장 내음도 피어나지요

호박꽃이 피면
송사리 미꾸라지 피라미 보리방개 보글보글 끓어 가던
양은냄비 속 고추장 냄새가 피어나고
소다 냄새 부풀린 호박잎 배인 밀개떡도 피어나지요

호박꽃이 피면
사카린 달큰하던 늙은 호박 노란 속살 푸실푸실 피어나지요

호박꽃도 꽃이냐고요
호박꽃은 꽃이 아니라 그리움을 피워 내는 풍경이지요

참외꽃

혼자라는 것은 외롭다는 것이지만
혼자인 사람은 외롭다는 말을 하지 않는다
말을 하면 더 외로워지기 때문이다

외로움은 누군가와 같이 있을 때 더 많이 다가왔다 가는 것을
눈으로 보이지 않아도 말을 나누고
좋은 시상이다
할매의 입에 달린 말처럼
우체통에 넣지 않아도 새처럼 엽서가 날아가는 시대

마주 보고 눈을 맞추며 말을 나누는 것이 어색스럽듯
둘이 되고자 하지만 그러지 못하는 숙명
참외꽃은 마디에 홀로 피어난다
두리번거리지도 스스로 비교당하지도 않고
참외꽃 지면 참외는 참 외로와져서 둥글어지며 익어 간다

능소화

단 한 번 다녀간 길에 연모의 불길이 피었던가
기다림에 지친 여인
숯덩이처럼 가슴은 검게 사위고
돌아오지 못할 서러운 길 가려면서도
울 밑에 묻어 달라던 여인의 바람이었다네

한 많은 여인의 넋 울 밑에 꽃으로 피어나서는
한 걸음 또 한 걸음 그리움의 사다리를 오르고
먼 기다림처럼 울 밖을 내다보게 되었을 때
절절한 그리움인지 바라다볼 부끄럼인지
분홍보다 진하게 꽃잎을 열었는데

짧은 여름밤 지나도록 도포 자락 끌며 올라나
울을 넘어 붉어진 마음을 꽃잎처럼 접지도 못했는데
붉은 꽃잎처럼 울다가 뚝뚝 눈물처럼 진다

사위질빵꽃

곱게 키운 딸
시집보낸 어미의 절절한 마음인 양
사위와 시댁에서 사랑받기를 간구하듯
소박하게 여럿이 모여 사위질빵꽃 피는 여름

사위는 백년손님이라던 장모
지게질 서툰 사위 위한다며
툭툭 끊어지는 사위질빵 줄기로 엮어
바지게 만들어 주었던 건
그저 그 마음 헤아려 주기나 염원했을 터

기세가 등등해진 요새 장모는
손님은 무슨 손님
단단한 밧줄로 바지게 줄을 매듯
더 많은 돈과 권세를 지고 오라고
사위를 다그치며 잔소리로 눈치를 준다는데

소박하게 여럿이 모여 피던 뽀얀 사위질빵꽃

이제는 풀섶그늘에 우울하게 핀다.

얼음과자

더위에 막혀 산들바람 앞산을 넘지 못하고
뜨겁게 영근 햇살 툭툭 떨어지던 여름날
호박잎도 나뭇잎도 시들고
원두막 아래 사람들도 낮잠을 청하는 시든 마을
시든 정적을 총성처럼 흔들던 외침 그 소리
께끼나 하드 얼음과자

온 집안 세 번이나 돌며 뛰어다녀도
버려진 빈 병 하나 찾지 못하고
시렁에 매단 마늘 세 뿌리나 몰래
께끼장수에게 달려갔던 날
달달하고 시원한 그 맛이 다 녹아지기도 전에
매를 들고 부르던 아버지 둔탁한 소리

초로의 나이가 되어
고향께 산밭에 심은 마늘을 거두며

마늘 세 뿌리에 매를 들었던

아버지 허당처럼 깊었던 가난

마늘처럼 힘없이 뽑혀져 왔다

원두막

노란 참외가 익어 가고 수박이 둥그러져 가면
참외처럼 많던 아이들
몰래 과일을 탐하는 서리가 있던 마을
원두막은 서리를 막는 망루
서리는 절도의 다른 말이지만 가난했던 시절의 여유가 스민
이제는 죽어 가는 말처럼 원두막도 세워지지 않는다

원두막은 서리를 막는 망루였지만 문화의 공간
어른들은 들일의 휴식과 좌담을 나누고
아이들 방학 숙제 하는 척 야한 잡지도 돌려 보고
하모니카를 배우고 기타를 배우던 곳
은하수가 흐르는 밤하늘을 올려다보며 먼 우주로 여행을 꿈꾸던 곳

폭염이 지루하던 마을에 서 있던 원두막
사막의 오아시스처럼 달콤 시원한 샘물이 흐르고
어른들과 아이들 놀이와 포용의 세월이 멈춰지던 곳

맥문동

팔월의 아침나절 산을 넘는 출근 길
한낮의 더위에 흘린 땀처럼 이슬은 밤으로도 채 마르지 못하고
이슬을 맺은 풀들이 발등을 적신다
가뭄에 쫄아든 개울물처럼 땀이 흐르고
산밭 옥수수 촘촘히 영글어 수염을 느리고 여름을 건너간다

산을 내려가는 길
길가에 맥문동 마을
촘촘했던 나무 그늘 사이로 햇살이 스미는데
그늘지고 서늘한 곳
보랏빛 꽃대에 보풀거리는 꽃술을 매달고
나란히 이정표를 세운 맥문동 마을

잠시 걸음을 멈추고 땀을 식히는 곳
맥문동은 언제나 서늘하고 시원하다

산채송아꽃

뜨거운 태양을 연모하듯 산정에서만 피어나는 꽃
척박한 돌 틈 사이 아무도 보아주지 않아도 피어나는 꽃

본디 너의 이름은 바위채송화라지만
처음 알았던 이름으로 나는 산채송화가 더 좋아
바위보다는 그냥 산이 더 좋아서
고향집 앞마당 돌담 아래 피어나던 채송화는
누이동생 이름처럼 그 이름이 좋아 가끔은 부르고도 싶은데

지난겨울 밤 별똥별이 떨어진 곳이었는지
찬 서리 지난 늦은 봄으로 싹을 띄우고
이제 환한 낮으로도 별로 빛나기 위해 피어난 너
산정의 바위틈 척박한 대지에 뿌리를 내리고
태양이 뜨거워지는 여름날로 피어난 산채송화야

나리꽃 원추리꽃처럼 짙은 화장에 향수도 바르고
바람에 흔들거리며 보아 달라는
유혹의 망설임도 떨쳐낸 수줍은 모습인데

가던 길을 멈추고 주저앉아야 너를 볼 수도 있는데
오래 볼 수 있어야 마음으로 별이 뜨기도 하는데
안개에 젖어들어 물방울을 머금고도 빛나는 네 모습처럼
내가 꽃이라면 산채송화 너처럼 피어나고 싶어

가던 길을 멈추고 주저앉아서 나지막이 연인을 부르듯
산채송화야
네 이름을 부르고 싶어 산을 오르고
내가 꽃이라면 산채송화 너처럼 피어나고 싶어
나는 칠월의 산을 또 오른다

쇠똥구리

콩 포기도 콩밭 매던 어매도
더위에 지쳐 시들거리던 여름날이면
쇠똥으로 찰진 밥덩이 둥글게 만들어
뒷걸음으로 집으로 가던 쇠똥구리

재 넘어 밭 갈러 가던 소 철퍼덕 똥 싸던 시절에는
맑은 개울물이 흘렀었는데
쇠똥구리 쇠똥으로 밥을 만들어 새끼들을 키우던 시절
보리밥도 보약처럼 달게 먹었는데

들길 가던 소 사라지고
찰진 소똥 굴려 밥을 만들던 쇠똥구리 사라진 세상은
개울물 칙칙해지고 쌀밥도 시시한 시절

삼시 세끼 꼬박꼬박 밥을 먹어야 사는 것이 구차스럽고
너보다 잘 먹고 잘살겠다며 삶은 버둥거리는데
쇠똥으로 밥을 먹던 쇠똥구리 그리운 세상

뒤로 굴려 가지만 쇠똥구리 어둔 밤에 별빛으로도
새끼들이 기다리는 집을 향해 방향을 잡아 간다는데
나는 무엇을 보고 방향을 잡는 건가
나에게 밤하늘의 별은 너무 멀다

백일홍꽃

꽃은 피어 열흘을 넘기가 어려운 것은
권력의 허무를 깨우치기 위한 것이었던가
떠난 정인(情人)인 양 백 일이나 피면서 진다

철이 든다는 것은 시절 인연의 꺼풀을 벗겨 내는 것
달도 차면 기울고 권력도 시들고야 마는 것
물위를 가는 꽃잎조차 눈물처럼 흐른다

공평하게 주어지는 것은 시간일 뿐
저울은 기울려고 애쓰는 성질인 것을
어제 핀 꽃인지 오늘 핀 꽃인지 구별이 없다

생은 소멸로 본래의 자리로

생과 사는 하나인 것을

태양이 뜨거워져 백일홍꽃 피는 여름날이면

명옥헌 원림에서 한나절이나 노닐고 싶다

맨드라미

측백나무 울타리만 남아 있는 외가를 지날 때면
지팡이에 꼬부랑 몸을 기대고 뒤꼍 장꽝에 가던
외할머니 모습이 걸어 나온다

파뿌리처럼 쇤 머리칼에
김장 무 심은 밭고랑처럼 골진 주름
틀니도 없이 분화구처럼 깊어진 볼에서
오물거리며 피어나던 외할머니 정겨운 미소

별이 지기 전 외손주도 빌어 주던 정한수를 올리던 장꽝
삿된 기운 기웃거리지 말라고
봄이면 씨를 묻고 여름이 익어 가면
맨드라미꽃 장닭처럼 붉게 서성거렸다

아이고 내 강아지
볼을 부비던 외할머니

해와 달이 숱하게 지나가도록

몇날 며칠을 그 자리에 쪼그리고 있었던지

붉은빛 맨드라미 선연하게 녹아내린다

물봉선꽃

진보라 싸리꽃향기 산언덕을 오르면
개울물 주절대며 순하게 흐르고
짙은 숲 그늘 뽀송한 햇살이 기웃거릴 적
이러지는 산 그림자 가을이 오고요

진분홍 고운 물감 풀어 입고서
숲 그늘 개울가 물봉선 피면
좋은 세월 다 갔다며 서러워하던
그리움만 묻어가는 세월 앞에 선
여인의 넋두리가 물기처럼 배어들지요

하늘타리꽃

낡은 고향집 지키는 측백나무 한 그루
함께 살던 이들 언제나 돌아오려나
발돋움하며 동구 밖을 내다보는데

측백나무 길을 따라 오른 하늘타리꽃
어린 시절엔 안목도 없어 눈길도 주지 않았을 터
갈래 치는 현란함으로 측백나무 올려다보았다네

탱고를 추는 무희의 현란한 치장처럼
선녀가 하늘에서 내려오며 걸쳤던 나무꾼이 감추었다는 옷처럼
날지 못하는 비애가 엉겨
바람처럼 바람처럼 피어났다네

어린 시절 눈길도 주지 않던 시답잖은 눈길이
제풀에 무안해져
돌아서서 하늘타리꽃 다시 또 보았다네

섬마을 학교

소매물도 섬마을 학교
아이들이 떠나간 운동장은 풀들이 뛰어놀고
퇴색된 유리 창틀 이끼가 교실 안을 기웃거린다
바다는 떠났다가 언제나 제자리로 돌아오지만
교무실 앞 종루는 떠나지도 못하는데
한번 떠나간 아이들은 돌아오지 않는다

질경이며 바랭이가 뛰어노는 운동장 지나
땡땡땡 녹슨 종을 울리고 창문 너머를 교실을 보았을 때
풍금 소리 맞춰 동요를 부르는 아이들도
구구단을 외우고 그림을 그리는 아이들도
모두 여덟 명
그중 한 명은 언니를 따라온 다섯 살 동생
각 학년들이 모여 과목도 제각각
분주하게 아이들 사이를 오가던 총각 선생님
뭍에 있는 연인을 그리워하듯 가끔 창문 너머 바다를 건넌다

땡땡땡 마침 종소리에 아이들은 모두 운동장으로 달려 나갔을 때
마룻바닥 복도를 건넌다

바다는 떠났다가 다시 돌아오곤 하지만
두레박이 있는 우물가 동백나무 더 많은 꽃을 피우지만
섬을 떠난 아이들은 어른이 되어 오고 가지만
아이들은 학교로 돌아오지 않는다

옥잠화

팔월의 열기는 저문 밤길에도 따끔거리고
누군가 손짓하며 부르는 기척에 가던 길 멈추고 뒤를 돌아다보니
술래를 피해 숨은 아이들처럼 아무도 보이지 않았다

분명했던 기척이라며 돌아서 헤치며 더듬었을 때
달빛에 젖어 달콤한 향기
뽀얀 옥잠화 풀섶에 숨어 있었다네
가만히 앉아 옥잠화 그녀를 보았다네

열려 있던 사립문 봄바람이 흔들어 대면
겨우내 죽어 있던 작은 뜨락 검은 대지는 기지개를 켜고
연두색 싹을 틔우고 뿔고둥 같이 말려진 잎이 퍼져날 때
찬란한 생명력의 경이로움이 날마다 새로웠고
여름밤 뿔나팔 같은 꽃잎을 펼치기 전
백옥의 비녀를 꽂듯 단아했던 그녀

시골 돌담 아래 그늘진 곳 촌색시처럼 수수한 모습이었는데
여름의 끝을 가져다 팔월의 밤이면 순백의 꽃잎을 열고
가던 길 지나서 다시 돌아서게 하는 그 달콤한 향기라니

뜨거운 여름밤이 서늘하도록 피어나는 옥잠화여
잊혀진 이름 아득히 첫사랑 소녀를 그리워하듯
손짓하듯 가던 길 돌아서게 하는 옥잠화여
미련한 미련인 양 첫사랑 그녀를 우연히 한 번쯤은 만나고 싶어
옥잠화 피는 팔월의 밤은 이토록 뜨거운가 보다

화진포 해당화

초승달이 오르는 서쪽 대간 산맥 첩첩하게 이어지고
해가 뜨는 동쪽 바다는 무제(無際)로 망망하다
호수는 고립을 즐기듯 적막하고
세월의 부피를 적송은 꾸불거리며 감아 오른다

별장을 가졌던 이들의 무상한 권력이 역사로 머문 화진포에
권력은 바람으로 흐르고
호수와 바다는 바람의 살이 쉼 없이 지나간다

호숫가로 여름을 연모하며 피어나는 꽃
양귀비꽃처럼 요염하며 진달래꽃처럼 가녀린 모습으로도
해풍에 흔들리며 피어나는 꽃

섬마을 선생님 노랫말에도 해당화는 피고 지는데
철새처럼 섬마을 외딴 분교에 깃든 총각 선생님

언젠가 뭍으로 떠난다지만
총각 선생님을 연모하였던 외로운 섬마을 처녀

보아주지도 돌아오지 않더라도 애틋한 연모의 마음
여린 가시도 숨기고 애처롭게 섬마을 처자처럼 피어나는 꽃
비릿한 해풍에 흔들리며 절절한 마음 붉은빛으로
해당화 피면서 여름은 피고
해당화 진 자리 그리움 붉어지면 여름도 진다

목화

콩밭에 붉은 수수목 올라오면 산밭에 목화도 피었지요
미색이었다가 연분홍빛으로 바래져 가며
지고 난 꽃자리에 달큰한 다래가 커져 가서
몰래몰래 궁한 입이 즐겁기도 하였지요

늦가을 볕 말라 가는 앙상한 몸에 솜꽃으로 한 번 더 피고
시집가는 누님의 이불 꽃으로 세 번씩이나 피었던 꽃

경복궁역 7번 출구 높다란 울을 기대고
엄지손톱 까만 물들이고 온종일 고구마순 벗겨 내는
어머니 또래 여인네 하나

점심시간 지나다
점심은 드셨어요 말을 건네면
찐 감자 두어 알 내보이시고

손톱이 까매요 속을 내보이면
딲어두 안져유 이를 가리며 웃으셨다

삭정이처럼 부서질 것 같이 세월에 낡아져도
우산 그늘에 기대어 지나는 이 부르는 눈빛도 없이
날이 저물도록 그 자리에 멈추어
소녀 같은 수줍음에 세월의 더께처럼 오래된 미소 속에
두 번째 피던 솜꽃이 어른거리고
곱게 여미던 꽃봉오리 모습처럼
풋풋한 시절이 그녀에게 지났을 텐데
앙상히 말라 가던 몸에 피어 시집가던 누님 이불이 되었던 솜꽃
삭정이처럼 부서질 것 같은 몸으로
까맣게 손톱 끝 물들이며 고구마순 다듬는
여인도 한 송이 목화처럼 피어 있더이다

풋풋하며 곱게도 피어 있더이다

마음을 연다는 것은

나무며 들풀들은 저마다 꽃이 핀다
속을 드러낼 수 없는
말할 수 있는 입도 미소 지을 눈도 가지지 못했기에
나무며 들풀들은 꽃을 피우는 것

꽃이 핀다는 것은 감추었던 속살을 여는 것
속살을 내보이는 것이 부끄러워
저마다의 향기와 형형색색으로 가리는 것
꽃이 핀다는 것은 유혹이고 존재함의 절정
속살을 내보여야 합일을 이루고 영속을 염원하며 열매를 맺는 것

말할 수 있는 입도 웃음 짓는 눈도 가졌으나
꽃을 피우지 못하는 너와 나는 마음이나 두었다
꽃으로 현란한 향기와 빛을 내보일 수 없기에
옹쳤던 마음을 여는 것

너에게 가고 싶은 열망으로 마음의 빗장은 제풀에 열리는 것
마음을 연다는 것은 단단한 경계의 벽을 무너트리고
마음 구석진 곳 쌓인 먼지조차 켜켜한 허물을 이쁘게 보아 달라는
이쁘게 보아주겠다는 결연함이 닫힌 빗장을 풀어내는데

마음을 연다는 것은 꽃을 피우는 것이다
부끄러운 속살도 내보이며
합일의 열락으로 열매를 맺기 위하여 마음의 문을 여는 것이다

마음을 연다는 것은 꽃을 피우는 것이다

추동춘하

가을은 가야 하는 계절
철새들은 허름한 둥지 하나 남겨 두는 미련도 없이
긴 산맥과 먼 바다를 건너 떠나고 돌아오기도 하는 계절
시들어 가는 햇살에 산 그림자 옅어지면
밭고랑 따라 배추모종 나란히 줄을 서면 가을이 시작되고
배추속이 가득 채워지면 가을도 가득 채워지는 것
대지에 떨어진 씨앗들 소멸을 위해
흙에 몸을 묻고는 미지의 생성을 꿈꾸고
물관을 막은 나무들은 허기를 견디고 침묵을 위해 옷을 벗는데
무서리가 내리면 시퍼렇게 멍든 호박잎 가을을 여윈다

겨울은 견디어야 하는 계절
서릿발을 세우고 눈을 녹여 내서야 보리는 꽃을 피우고
마늘이며 양파는 아린 맛이 배이는 것
모래바람 비켜서며 사막을 건너는 길처럼 황량하고

문풍지에 떨며 지난 계절의 그리움으로 웅크린 날들
소멸은 잉태를 염원하듯 봄으로 가는 길은 어둠처럼 깊고
게으르게 오던 아침 해가 일러지면 봄이 보인다

봄은 보아 달라는 계절
봄은 빛으로도 바람으로도 오는 거지만 꽃으로 오는 계절
나무며 들풀들은 저마다 꽃이 핀다
꽃이 핀다는 것은 차가운 겨울을 건너며 달궈진 속을 내보이는 것
속을 내보인 것들은 바람에 날리는 꽃잎처럼 죄다 허무하다
모란꽃 지며 앵두며 살구가 여름을 매어단다

여름은 열리는 계절
태양도 온몸을 열어 뜨거워지고
대지의 풋것들 꽃길을 따라 나온 열매들은
햇살에 데인 듯 몸을 불려 가고

초록은 태초부터 그러하였던 것처럼 짙어져 깊어지는 것
초록의 젊음을 탐하며 문명의 인위를 벗고 원시의 무위를 염원한다

추동춘하 계절의 순환은 오고
감의 생성과 소멸을 주관하는 절대의 섭리
저마다의 삶도 그렇게 흐르다 떠나는 것을

그는 과천청사에서 독일 철학자 칸트와 같은 존재다. 매일 같은 시각 산책을 즐겼던 칸트처럼 오전 7시 30분경이면 어김없이 과천정부청사에 배낭을 메고 나타나기 때문이다. 오전 6시 10분에 서울 서초구 방배동 집을 나와 우면산을 거쳐 과천청사까지 걸어서 출근한다.

"11년째 날씨가 너무 궂은 날을 제외하고는 산책하는 기분으로 걸어서 출근하고 있어요. 과거 광화문 서울청사로 근무지가 바뀌었을 때도 과천까지 걸어와 통근버스를 타고 출근했었죠. 자연과 벗하며 걸으면서 사색하고 글에 대한 구상도 하며 생각을 정리합니다. 아주 소액이지만 그렇게 절약한 교통비는 어려운 분들을 돕는 데 쓰고 있어요."

타고난 근성은 2014년 '고비사막 마라톤'에서 진가를 발휘했다. 세계 극한 마라톤대회 중 하나로 6일 동안 필수 장비만을 갖고 고

비사막 약 225km를 달려야 한다. 참가자들은 의복 등 필요한 물품을 짊어지고 달린다.

"마른 침을 삼키며 황량한 사막을 달리면 제 거친 마음이 순해질 것 같았습니다. 중간에 장딴지 화상으로 팔 토시를 다리에 감고 뛰기도 했죠. 몽골 주민이 제가 마라톤 중인지도 모르고 오토바이를 타고 지나가다가 태워주겠다고 계속 손짓을 하더라고요. 너무 힘든 상황인데다 아무도 보는 사람이 없으니까 그 유혹을 물리치는 게 가장 힘들었어요." 그는 이 대회에서 우승했다.

고등학교 때부터 문학에 관심이 많았다. 사막에 갔던 것도 마라톤하는 이를 취재하기 위해서였는데 우승자로 결정되니 별로 환영하는 눈치가 아니었다고 했다. 그렇게 낸 책이 소설 '차마고도로 떠나는 여인' 등 8권이다. 유독 자연에 대한 이야기를 많이 썼다.

"나중에 은퇴하고 나면 숲속 생태학교를 하나 만들고 싶어요.
청소년뿐 아니라 성인들도 문학과 자연, 더불어 살아가는 순리를
같이 배울 수 있는 공간을 만들고 싶습니다."

- 그를 소개한 기사 중에서 -